눈먼 거북이가 천년 만에

눈먼 거북이가 천년 만에

• • •

초발심자경문 · 원순 역해

도서
출판 답게

부처님 말씀과 법이란

부처님의 말씀과 바른 법을 드러내는
책들은 우리로 하여금 재앙을 없애고 행복이 넘치는
좋은 길로 가도록 해 줍니다.

과거 · 현재 · 미래의 피할 수 없는 인과를 밝히고 중생이
본니 갖추고 있는 부처님의 성품을
잘 깨닫게 해 주며 괴로움이 가득 찬 생사를 벗어나 기쁨이
그득한 열반의 세계에 이르게 합니다.

그러니 이 책을 읽는 이들은 모름지기 부처님의
은혜에 감사하는 마음을 내어야 합니다.

이 법을 만나기 어렵다는 생각을 하여 깨끗한 손으로
초발심자경문을 펼쳐 정성과 공경의 마음을 담아
부처님을 대하듯이 하면 헤아릴 수 없이
많은 이익과 기쁨을 몸소 얻을 것입니다.

부처님과 큰스님의 은혜 갚으리

언제부터인지 우리나라 절에서는
스님 될 사람이면 가장 먼저 배우는 글이
바로 이 초발심자경문初發心自警文이다.

『초발심자경문』은
계초심학입문誡初心學入文과
발심수행장發心修行章과 자경문自警文
이 세 가지를 합쳐서 만든 책의 이름이다.

'초심初心' 은

부처님 말씀대로 실천하게 함으로써
불법을 알게 하려는 글인데
보조 국사께서 지으셨다.

'발심發心'은

불법을 알고 나서 수행하려는 이가
어떤 마음가짐으로 어떻게 살아야
사문沙門의 바른 생활이며
어떻게 공부해야 하는지를 말해주는 글인데
원효 조사께서 지으셨다.

'자경自警'은

도 닦을 마음을 내어 수행하는 사람이
늘 자기를 돌아보고 자주 경책함으로써
잘났다는 마음과 게으른 마음이 나지 않게 하고
삿된 소견을 바로잡아 컴컴한 귀신 굴속에
떨어지지 않게 하며 항상 밝고 바른
고불고조古佛古祖의 길로 가도록 이끌어주는 글인데
야운野雲 조사께서 지으신 것이다.

이 세 법문이
모두 출가한 이들을 위한 글이라고 하지만
불법을 믿는 모든 불자들은
다 이 글을 배워야만 하니
처음 발심해서 부처가 될 때까지
이 글이 가리키는 길을 벗어나면
사견邪見에 떨어지기 때문이다.

다행히 선지禪旨가 밝고
경안經眼이 바른 원순圓珣 스님이
이 글을 번역하니
이 글은 모든 불자들의 갈 길을 밝혀주는
밝은 등불이 될 것이다.

또한 번역하는 스님과
이 글이 세상에 나올 수 있게 도와준
시주의 큰 공덕은
수미산須彌山이 무너지고 향수해香水海가 마르더라도
무변허공無邊虛空과 함께
만고불멸萬古不滅할 것임을 믿어 의심치 않는다.

古聖大悲爲後人하니　옛 성현이 큰 자비로 가르침 주니
猶如慈母愛赤子로다　어진 부모 갓난아기 돌보는 마음
用善方便助流通하야　쉬운 한글 풀어써서 널리 알려져
欲報佛祖廣大恩이로다　부처님과 큰스님의 은혜 갚으리.

甲申春 曹溪後學 菩成 焚香 謹稿
갑신춘 조계후학 보성 분향 근고

차례

부처님 말씀과 법이란
부처님과 큰스님의 은혜 갚으리

1부. 마음 닦는 이를 위하여 [한글 초발심자경문]

2부. 초발심자경문 원문과 역해

일러두기

1. 《눈먼 거북이가 천년 만에》라고 제목을 붙인 이 책은 절에서는 물론 세상에도 널리 알려져 많이 읽히고 있는 초발심자경문을 번역한 글입니다.

2. 이 책은 늘 후학을 진심으로 아끼고 돌보시는 조계총림 방장 보성 큰스님의 많은 격려와 파계사 영산율원 율주로 계시는 종진 스님의 감수로 만들어졌습니다.

3. 이 글은 총 세 부분으로 나누어 1부에서는 한글 세대를 위하여 초발심자경문의 한글 번역만 싣고, 2부는 원문과 번역문을 함께 실어 깊은 뜻을 새길 수 있게 했으며, 3부는 한문 원문만 실어 다양한 독자의 욕구를 충족하게 했습니다.

4. 한문의 토는 한글로 번역된 문장을 기본으로 해서 달았기 때문에 기존의 토와는 많이 다를 수 있습니다.

마음 닦는 이를 위하여

[한글 초발심자경문]

1부

임금의 연주료

옛날에 어떤 임금이 유명한 악사에게 약속하기를,
"연주료로 천금을 주겠네."
하고 악사에게 연주를 부탁했다.
신이 난 악사는 신나게 연주를 한 다음, 임금에게 천금을
요구했다.
그러나 왕은 약속 대신 이렇게 말했다.
"자네가 아름다운 음악을 연주해 내 귀를 즐겁게 해주었
듯이 나 또한 천금을 주겠다고 약속해 자네의 귀를 즐겁게
해주었으니 이거야말로 피장파장이 아니겠는가."

이 세상의 과보도 이와 마찬가지로 실체가 없는 무상한 것
으로써 언제나 지속되는 것은 아니다.
저 공허한 음악처럼……

1. 마음 닦는 이를 위하여 誠初心學入文

1

처음 도를 닦고자 하는 이는
모름지기 나쁜 친구를 멀리 하고
어질고 착한 친구를 가까이 해야 하며

맑고 아름다운 세상을 살 수 있는
부처님의 오계나 십계 등을 받아 지녀
그 법의 쓰임새를 잘 알고 지켜야만 하느니라.

2

오직 부처님 말씀에 기대어 살 일이지
잘못 살고 있는 세상 사람들의
헛된 말을 따르지 말지어다.

3

이미 출가하여
맑고 깨끗한 대중들과 함께 사는 이는
늘 부드러운 마음으로
대중의 뜻을 잘 따라
내가 잘났다는 마음을 버려야 하느니라.

4

나보다 나이 든 이는 형님으로 섬기고
어린 사람은 친아우로 여겨야 하느니라.

5

만일 다투는 이들이 있다면
두 사람의 처지를 잘 다독거려
자비로운 마음으로 해결해야지
거친 말로 이들을 다치게 하지 말지어다.

6

같이 사는 도반들을
속이고 능멸하여 시비로 다툰다면
이런 출가는
조금도 이익이 없느니라.

7

재물과 여자에게서 오는 화근은
독사보다 심한 것이니
자신을 살피고 그 그릇됨을 알아
모름지기 이들을 늘 멀리해야 하느니라.

8

특별한 일이 없다면
남의 방에 들어가지 말 것이며

남모르는 곳에 숨어
억지로 남의 일을
알려고 해서도 아니 되느니라.

9

육일 십육일 이십육일이 아니거든
속옷을 빨지 말 것이며

이 닦고 세수할 때
큰소리로 코를 풀거나
침을 뱉지 말지어다.

10
대중공양을 받을 때
당돌하게 순서를 어기지 말며

길을 걸을 때는
옷깃을 풀어헤치거나
팔을 크게 흔들지 말 것이며

남과 이야기할 때에는
큰소리를 내거나
깔깔거리고 웃지 말지어다.

11
중요한 일이 아니거든
절 문밖을 나가지 말지어다.

12

아픈 이가 있거든
자비로운 마음으로 보살펴야 하고

손님을 대하거든
기쁜 마음으로 맞이해야 하며

웃어른을 만나거든
옆길로 공손하게 비켜나야 하느니라.

13

살림살이를 장만할 때는 근검절약하여
검소한 것에 만족할 줄 알아야 하느니라.

14
공양할 때에는
소리 내면서 먹지 말지어다.

15
수저를 쥐고 놓을 때에
그 움직임을 주시하여 천천히 손을 놀리되

얼굴을 들고
고개를 두리번거리지 말며

음식의 맛을 가려
좋아하거나 싫어하는 마음을 내지 말지어다.

16

공양을 할 때는
모름지기 말이 없되
먹는 데 집중하여
딴생각을 하지 말아야 하고

음식을 받아먹는 것은
이 몸을 건강하게 하여
오직 도업을 이루고자 하는 것임을
잘 알아야만 하며

공양할 때는 늘 반야심경을 외우고
시주하는 이, 받는 이와 오가는 시주물의
맑고 깨끗함을 보아
도 닦는 데 마음을 집중해야 하느니라.

17

향을 사르고 예불함에
아침저녁으로 부지런히 하여
스스로 게으르지 않게 다짐하고

대중들이 함께 움직일 때는
자기의 차례를 알아
어지럽게 소란을 피워서는 아니 되느니라.

18

부처님을 찬탄하고 축원할 때
글을 외워 그 뜻을 보아야지
목소리만 크게 높이지 말 것이고

소리와 곡조도
다른 대중들과 조화롭게
잘 어우러지게 하며

예불할 때
부처님의 얼굴을
경건하게 바라보아야지
딴생각을 일으켜서는 아니 되느니라.

19
자신의 죄와 업장이
산과 바다처럼 많다는 것을
반드시 알아야만 하고

이 죄와 업장을
몸과 마음을 다해 참회하여
없애야 할 것임을 잘 알아야 하느니라.

20
절을 하는 나와 절을 받는 부처님들이
모두 참 성품의 인연에서
일어나고 있는 일임을
깊이깊이 알아야만 하며

부처님의 가피가 헛되지 않아
몸의 그림자나 메아리처럼
언제나 곁에 있다는 것을
또한 깊이 믿어야만 하느니라.

21

대중이 모여 사는 방에서는
서로 양보하고 살되
다투지 말아야 하며

대중들은 서로 돕고 보호하되
서로 이기거나 지거나 하는 다툼은
삼가야만 하느니라.

22

하릴없이 모여 앉아
잡담하는 일이 없어야 하고

다른 사람의 신발을
잘못 신는 일도 없어야 하며

대중들이 앉고 눕는 자리를
내 마음 내키는 대로 하는 일도
삼가야 하느니라.

23
손님을 맞아 이야기함에
집안의 추한 일을
들추지 말 것이며

다만 절집 안의
좋은 부처님 일만
찬탄해야 하느니라.

24

곳간에 나아가
이런저런 일을 보고 듣고 하여
자기 혼자 의혹을 일으키지 말지어다.

25

아주 중요한 일이 아니거든
이 마을 저 마을 다니면서 속인들과 사귀어
다른 사람의 미움이나 질투를 받거나
자신의 도 닦는 마음을 잃게 해서는 아니 되느니라.

26

중요한 일이 있어 마을에 가게 되면
주지 스님과 대중을 관리하는 스님에게
자신이 가는 곳을 알게 해야 하느니라.

27
마을 집에 들어가거든
바른 생각을 굳게 지님으로써
세상살이를 보고 들으면서
삿된 마음에 빠져 들어가는 일이
없어야만 하느니라.

28
그런데 하물며
옷깃을 풀어헤치고 천하게 웃어대며
쓸데없는 일들을
어지럽게 이야기하고

아무 때나 좋지 않은 술과 음식으로
거침없이 보기 흉한 짓을 하여
부처님의 아름다운 삶을
심하게 망가트릴 수 있겠느냐.

29

또 이런 짓을 저질러
어질고 착한 사람들이 싫어하고 의심한다면
어찌 슬기로운 사람이라 할 수 있겠는가.

30

대중과 같이 공부하는 처소에서
사미와 함께
돌아다니는 일은 삼가야 하고

다른 이의 일로
쓸데없이 왔다 갔다 하는 것도
삼가야 하며

나 아닌 다른 이의 좋고 나쁜 점을
가려보는 일도
삼가야 하며

지나치게 글만 보려는 행동도
삼가야 하며

잠을 너무 많이 자는 것도
삼가야 하며

어지러운 마음으로
쓸데없이 인연을 만드는 일도
삼가야만 하느니라.

31
큰스님이 설법하시거든
아주 어려운 법이라고 생각하여
도에서 물러나고자 하는 마음을
절대로 가져서는 아니 되고

늘 듣는 법이라는 안일한 생각으로
법을 너무 쉽게 생각하는 마음이
생겨나서도 아니 될지니

법문하는 자리에서 마음을 비우고
열심히 법을 듣다보면
언젠가는 반드시
참 깨달음이 올 때가 있으리라.

32

말만 배우는 이들을 따라
입만 놀리지 말지니

말하자면

"독사가 마신 물은 나쁜 독이 되나
소가 마신 물은 우유가 되듯이

슬기로운 배움은 바른 깨달음을 이루나
어리석은 배움은 괴로운 생사가 된다."고

한 것이 바로 이 뜻이니라.

33
법을 가르치는 법사法師를
함부로 업신여기지 말지어다.

이것이 도의 걸림돌이 되어
공부에 진전이 없을 것이니
간절히 삼가고 삼갈지어다.

이를 논論에서는

"어떤 사람이
깜깜한 밤에 길을 걸어갈 때
죄인이 횃불을 들고 있다고 생각하여
그 불빛을 뿌리치고 의지하지 않는다면
깊고 험한 구덩이에 떨어질 것이다."고

말하고 있느니라.

34
법문을 들을 때는
살얼음을 밟는 듯
한 마디라도 놓칠까
눈과 귀를 기울여서
깊은 뜻을 새겨듣고

마음 티끌을 엄히 다스려
그윽한 이치를 즐겨야 하며

법문을 들은 뒤에
가만히 앉아
그 뜻을 새겨보되

의심이 나는 데가 있거든
먼저 깨친 이를 찾아
그 뜻을 알 때까지 물어보아야만 하느니라.

35
저녁에 법문의 뜻을 새기고 새기다가
의심이 풀리지 않았거든
아침에 선지식을 찾아 그 뜻을 알 때까지 물어
실오라기 털끝만치라도
허튼 다른 생각을 일으켜서는 아니 되니

이와 같이
바른 믿음을 낼 수 있어야
도를 품은 사람이라 할 수 있느니라.

36
세세생생 아주 오랫동안 몸에 밴
애욕과 성냄과 어리석음이란
마음속에 똘똘 얽혀
없는 듯 숨어 있다 일어나는 것이
마치 하루 걸러 일어나는 학질과도 같으니

오가며 앉고 눕는 모든 삶 속에서
현명한 지혜와 방편으로 부지런히
이들 번뇌가 일어나지 않도록 해야 할 것인데

한가로이 앉아
부질없이 근거 없는 이야기로
헛되이 시간을 쓰고 있다면
이로 어찌 깨달음을 구해
삼계三界를 벗어나려 한다 할 수 있겠느냐.

37

오로지 뜻을 굳건히 하고
자신을 독려하여 게으름 없이
나의 잘못들을 알면 바로 고쳐
부드러운 마음을 지닐 뿐이니

이처럼
부지런히 닦고 연마해 나간다면
경계를 살피는 힘은 더욱 깊어지고
수행의 길은 더욱 맑아지리라.

38

부처님의 법을 만나기 어렵다는
이 생각을 늘 잊지 않는다면
도 닦는 일은 언제나 새로운 일이고

늘 축복받아 다행이라는
고마운 마음을 지닌다면
도 닦아 나가는 마음이
약해지는 일은 끝내 없으리라.

39

이와 같이 오래 오래 공부해 나간다면
저절로 선정과 지혜만이 오롯해져
내 마음의 참 성품을 보게 되고

환幻 같은 지혜와 자비로써
중생들을 제도하여
하늘과 인간의 큰 복전이 되리니

이 글을 깊이 마음에 아로 새겨
부지런히 노력하고 또 노력할지어다.

2. 마음 닦는 수행이란 發心修行章

1
모든 부처님께서
아름다운 세상을 활짝 펴 보이신 것은
오랜 세월 욕심을 버리고
뼈를 깎는 고행苦行을 하셨기 때문이며

중생들이
타는 듯한 고통 속에 윤회하는 것은
헤아릴 수 없는 세월 속에서
많은 욕심을 버리지 못했기 때문이다.

2

막는 이 없는 하늘나라에
가는 이가 적은 것은
욕심과 성냄과 어리석음을
자신의 재물로 삼았기 때문이며

오라고 권유하지 않는 험하고 나쁜 세상에
많은 이들이 들어가는 까닭은
자신의 몸과 다섯 가지 욕심을
헛된 마음의 보물로 삼았기 때문이다.

3

이들 가운데 그 누구인들
산에 들어가서
도 닦을 마음이 없겠는가마는

그리 하지 못하는 것은
애욕에 얽매여 있기 때문이다.

4

그러나 산으로 돌아가서
마음을 닦지는 못하더라도
제 힘껏 노력하여
착한 마음을 버리지 말아야 하느니라.

5

스스로 세상 즐거움을
버릴 수만 있다면

다른 사람이 믿고 존경하는 것이
성인과 같을 것이요

남이 하지 못하는 어려운 수행을
해낼 수만 있다면

다른 사람에게 존중 받는 것이
부처님과 같을 것이다.

6

인색하고 재물에 욕심 내는 사람은
마구니(마귀) 권속이요

자비로운 마음으로 보시하는 사람은
큰 법의 왕자이다.

7

높은 산 큰 바위는
슬기로운 사람이 머물 곳이요

푸른 솔 깊은 골짜기는
눈 푸른 수행자가 살 곳이다.

8

배가 고프면
나무 열매로 굶주린 창자를 위로하고
목이 마르면
흐르는 물로 갈증을 멈추게 하리라.

9

맛있는 음식으로
아끼고 보살펴도
이 몸뚱이는 언젠가 반드시 무너질 것이며

부드러운 옷으로
이 몸을 둘둘 감싸 치장하더라도
이 목숨은 언젠가 반드시 끝날 날이 있으리라.

10

소리가 울리는 바위굴을
염불하는 장소로 삼고

구슬피 우는 기러기 떼로
마음을 기쁘게 해주는
벗으로 삼으리라.

11

절하는 무릎이
얼음처럼 차가워도
따뜻한 불을 찾는 마음이 없으며

굶주린 창자가
뒤틀려 끊기는 듯하더라도
맛있는 음식을 찾지 않으리라.

12

잠깐 사이에 백 년이 되거늘
어찌 배우지 아니하며

인생이 얼마나 되기에
쓸데없이 게으름을 피우느냐.

13

마음속에 있는 애욕을 떠난 것
이를 일러 '스님'이라 하고

세속의 삶을 그리워하지 않는 것
이를 일러 '출가'라고 한다.

14

수행자로서
비단 옷을 입는 것은
개가 코끼리 가죽을 쓰는 것이요

도 닦는 사람이
연정을 품는 것은
고슴도치가
쥐구멍에 들어가는 것과도 같다.

15

공부에 근본과 지혜가 있더라도
마을 사람들과 섞여 살면
모든 부처님께서는
그를 걱정하고 가엾어 하며

설사 도를 닦는 행이 없더라도
푸른 숲 깊은 산속에만 살면
뭇 성인들은
그에게 기쁜 마음을 드러낸다.

16
재주와 배움이 있더라도
아름다운 행함이 없는 자는
보물이 있는 곳으로 안내해도
따라가지 않는 것과 같은 것이요

부지런하지만 지혜가 없는 자는
동쪽으로 가고자 하나
서쪽으로 가는 것과 같은 것이다.

17

슬기로운 이가 행하는 것은
쌀을 쪄 밥을 만드는 것이요

슬기롭지 못한 이가 행하는 것은
모래를 쪄 밥을 만드는 것과 같으니라.

18

사람들이 모두 밥을 먹고
굶주린 창자를 채울 줄은 알되

부처님의 법을 배워
어리석은 마음을 고칠 줄은 모르는구나.

19
지혜와 실천
이 둘을 갖춤은
길을 굴러가는 수레의
두 바퀴와 같고

자기를 이롭게 하면서
남도 이롭게 하는 것은
허공을 나는
새의 두 날개와도 같도다.

20
죽을 받고 축원하되
그 참뜻을 알지 못한다면
이 또한 단월의 정성에
부끄러운 일이 아니겠느냐.

21
공양 받고 염불하되
그 깊은 이치를 알지 못한다면
이 또한 성현에게
부끄러운 일이 아니겠느냐.

22
사람들은
더러운 벌레들이
깨끗하고 더러운 것을
가리지 못하는 것을 싫어하며

성현들은
청정한 스님들이
깨끗하고 더러운 일을
가리지 못하는 것을 싫어한다.

23
시끄러운 세간의 일들을 버리고
허공을 타고 하늘에 올라감에 있어
아름다운 삶인 부처님의 계는
좋은 사다리가 되느니라.

24
이 때문에
아름답게 살지도 못하면서
남의 복전이 됨은
날개 부러진 새가
무거운 거북이를 등에 업고
높은 하늘을 나는 것과 같으니

자신의 죄도
아직 벗지를 못했는데
남의 죄를
어찌 풀어 줄 수 있겠느냐.

25
그러니 아름다운 계를
지키는 삶도 없이
어찌 남의 시주를
함부로 받아들일 수 있겠는가.

26
아름다운 행이 없는
헛된 이 몸은
아무리 잘 길러도
뒷날 아무런 이익이 없으며

허망하게 들뜬 목숨은
아끼고 사랑해도
언젠가는
홀연 사라질 것이니라.

27

부처님의 높은 덕을 바라보고
오랜 고행을 잘 참아내야 하며

사자좌에 앉을 날을 기약하여
세간의 욕심과 즐거움을
영원히 등져야 할 것이다.

28

수행자가 마음이 깨끗하면
모든 하늘이 칭찬하나

도를 닦는 이가 여자를 그리워하면
착한 하늘 신도 버리고 떠난다.

29
이 몸은 어느 날
홀연히 흩어지고 말 뿐
오래 보존될 것이 아니니

오늘도 벌써 저녁이라
시간이 어느새
내일 아침이 되는구나.

30
세상의 즐거움은
뒷날에는 괴로움인데
어찌 그것을 욕심 내고 집착할 것이며

한번 세상의 즐거움을 참게 되면
뒷날은 영원한 즐거움이 될 것인데
어찌 이 도를 닦지 않겠는가.

31

도를 닦는 이가 욕심을 내는 것은
눈 푸른 수행자의 수치이며

출가자의 재물은
세상 사람들의 웃음거리니라.

32

이런 말은
일일이 다 할 수도 없거늘
탐욕과 집착을
그치지 않는구나.

다음에 다음으로 미루면서
그 다음이 끝이 없거늘
헛된 애착을
끊지 못하는구나.

이번 일 이번 일만 하면서
이번 일로 끝나는 것이 아닌데
세상의 허튼 일을
저버리지를 못하는구나.

세상일을 도모하는 것이
한도 끝도 없거늘
쓸데없이 도모하는 그 마음을
단숨에 끊지를 못하는구나.

33

오늘만 오늘만은
그 오늘이 다함이 없거늘
나쁜 짓은
날로 많아지며

내일은 내일에는
그 내일이 끝이 없거늘
좋은 일은
날로 적어지는구나.

34

올해는 올해만은
그 올해가 다함이 없는데
끝없이 번뇌만 일으키고

내년은 내년에는
그 내년이 끝이 없거늘
행복한 깨달음으로
나아가질 않는구나.

35
시간은
끊임없이 흘러
금방
밤낮이 지나가고

하루하루가
끊임없이 바뀌어
빠르게
한 달 그믐이 지나가는구나.

36

한 달 한 달이
끊임없이 바뀌어
홀연
일 년이 되고

한 해 한 해가
끊임없이 바뀌어
잠깐 사이
죽음의 문턱에 이르렀구나.

37

부서진 수레는
굴러가지를 못하고
늙은 노인은
이 공부를 할 수 없으니

누워서는
게으름만 생기고
앉아서는
어지러운 생각만 일어나느니라.

38
몇 생을 이 공부를 떠나
헛되이 밤낮을 보냈으며

이 헛된 몸을
얼마나 더 살리려고
평생 동안 이 공부를 버려두느냐.

39

이 몸은 반드시 그 끝이 있으리니
뒷날 받을 몸은 어찌하려는가.

이 일을 안다면
우리의 공부가 급하고 급하지 않겠느냐.

3. 도 닦으며 스스로 경책하는 글 自警文

1
주인공아, 내 말을 들어라.

얼마나 많은 사람들이
부처님과 아름다운 인연을 맺어
행복이 충만하고 괴로움이 없는
티끌 없는 세상으로 들어갔는데

그대는 어찌하여
아직도 괴로운 세상에서
끝없이 윤회만 되풀이 하고 있느냐.

2

알 수 없는 먼 옛날부터 이번 삶에 이르기까지
그대는 깨달음을 떠나
잘못된 생각으로 어리석음에 빠져
늘 나쁜 짓을 많이 하여
지옥 아귀 축생의 나쁜 길을 따라갔으며

좋은 일은 조금도 베풀지 않아
큰 고통에 빠져 있는
여러 모습의 중생계로 빠져 들었느니라.

3

몸뚱이는 보고 들리는 경계를 따랐으므로
삼악도三惡途에 떨어져 극심한 고통을 받았으며
마음은 부처님의 마음에서 멀어졌기에
이 세상에 태어났어도
부처님께서 이미 열반하셨거나
아직 이 세상에 출현하지 않은 때이니라.

4

이제 다행히도 사람 몸을 받았지만
부처님이 계시지 않은 어려운 세상이니

아 슬프다, 이는 누구의 허물이란 말인가.

5

그렇지만 이제
그대는 자신의 삶을 돌이켜
애욕을 끊고 출가하여
수행자의 생활을 선택하고

부처님의 옷을 입고
번뇌를 벗어나는 지름길로 접어들어
흠이 없는 오묘한 법을 배우고 있으니

이는 마치 꿈틀거리는 용이 물을 만나고
호랑이가 산에 살고 있는 것과도 같아서

그 수승하고 오묘한 이치는
말로 다 표현할 수가 없도다.

6
사람은 옛날과 지금이 있을지언정
법에는 멀고 가까움이 없으며

사람에게 어리석거나 슬기로운 이가 있을지언정
도에는 이루어지거나 쇠퇴하는 법이 없느니라.

7

부처님이 계시더라도
그분의 가르침을 따르지 않는다면
무슨 큰 이익이 있겠으며

공부하기 어려운 세상이라도
부처님의 가르침을 받들고 따른다면
무슨 상심할 일이 있겠느냐.

8

그러므로 부처님께서 말씀하셨느니라.

"나는 어진 의사로서 중생의 병을 알고
거기에 맞는 처방을 내리지만
그 약을 먹고 안 먹는 것은
중생의 일로서 의사의 허물이 아니며

또 훌륭한 길잡이로서 길을 안내하지만
길 안내를 받고도 따라가지 않는 중생이 있다면
그것도 길잡이의 허물이 아니니라.

나도 남도 이롭게 하는 것이
바른 법에 다 갖추어져 있으니
내가 오래 이 세상에 머물더라도
더 이상 법에 이익 될 것은 없다.
나의 가르침대로 지금부터
그대들이 살아간다면
여래의 법신法身은
늘 그대들 곁에 머물러 영원할 것이니라."

9
이런 이치를 안다면
스스로 도를 닦지 않는 자신을 원망할 뿐
어찌 말세라고 엉뚱하게
살기 어려운 세상을 탓하고 근심하겠느냐.

10

간절히 바라노니

그대들은 굳건한 뜻을 세워
그 마음으로 쓸데없는 모든 인연을 다 버리고
거꾸로 된 잘못된 생각을 없애야 하며

진실로 큰일인 생사를 위하여
조사의 공안에서 잘 참구하여
크게 깨닫는 일을 삶의 법칙으로 삼고서

스스로 업신여기어
공부에서 물러나는 일이
절대로 없어야 할 것이다.

11
이 험한 세상
부처님 안 계신 지 오래되어

마구니는 힘이 강해지고
바른 법은 힘이 약해져서

잘못되고 거만해진 사람들이 많아
도를 이루는 이는 적어지고
도를 이루지 못하는 자는 많아지며

슬기로운 이들은 적어지고
어리석은 자들이 많아져서

스스로 도를 닦지도 못하고
또한 다른 사람을 괴롭히기도 하니

무릇 도를 가로막는 이런 인연들은
이루 말로 다할 수가 없구나.

12

그대가 길을 잘못 들까 염려하여
내 좁은 소견으로
도 닦는 열 가지 길을 드러내어
그대를 경책하노니

모름지기 그대는 이를 믿고 받아들여
한 가지도 거스르지 말아야 하느니라.

지극한 마음으로
꼭 그렇게 되기를 바라노라.

13

게송

어리석어 못 배우면 교만만 늘고
미련하여 못 닦으면 아상만 크네
배움 없는 자존심은 굶주린 표범
앎이 없이 먹고 놀면 미친 원숭이.

삿된 소리 마구니 말 좋아하면서
부처님의 가르침은 듣지 않으니
착한 길에 인연 없는 불쌍한 그대
나쁜 길에 깊이 빠져 고통 받으리.

14

첫 번째 도 닦는 길은
부드러운 옷과 맛있는 음식의
시주를 함부로 받아들이지 말아야 한다.

15

밭을 갈고 씨를 뿌린 뒤에 내게 이르기까지
부드러운 옷과 맛있는 음식에는
많은 사람들의 피와 땀만 들어 있는 것이 아니니

생각해 보면
알게 모르게 죽어간 벌레나 짐승들의 아픔도
얼마나 되는지 헤아릴 수 없을 것이다.

그들의 피와 땀으로 나를 이롭게 한 것도
참으로 옳지 않은 일인데
하물며 그들의 생명을 죽여 나만 살고자 하는 마음을
수행자로서 어찌 감히 생각해낼 수 있겠느냐.

16
농부라도 늘 굶주림과 추위의 고통이 있고
베 짜는 여인들도 자신의 몸조차 가릴 옷이 없는데

하물며 일 없이 손을 놀리고 있는 내가
추위와 굶주림을 싫어하는 마음을
수행자로서 어찌 낼 수 있겠느냐.

17
부드러운 옷과 맛있는 음식에 들어간
그 깊은 시주의 은혜를 생각하면
가벼운 생각으로 이를 받는 일은
도 닦는 길에 장애가 될 것이요

떨어진 옷과 거친 음식은
시주의 은혜가 가벼울지 모르지만
고마운 마음을 지닌다면
눈에 보이지 않는 음덕을 쌓게 될 것이다.

이 생에 참마음을 밝히지 못한다면
시주받은 한 방울의 물도
제대로 소화해내기 어려운 법이니라.

18
게송
풀뿌리와 나무 열매 음식을 삼고
솔방울과 파란 풀잎 몸을 가리며
뛰노는 학 푸른 하늘 구름 벗 삼아
높은 산 깊은 계곡 도를 닦으리.

19

두 번째 도 닦는 길은
자신의 재물을 나누는 데 인색하지 말고
다른 사람의 재물을 욕심 내지 말아야 한다.

20

괴로움이 가득 찬 삼악도三惡途로 가는
첫째 원인은 중생이 욕심 내는 일에 있고

도를 닦아 극락정토로 가는 육바라밀 가운데
으뜸가는 것은 남한테 베푸는 보시니라.

21

재물을 나누어주는 데 인색하며 욕심 내는 일은
행복이 가득한
좋은 세상으로 가는 길을 막고

자비로 베푸는 삶은
괴로움이 가득 찬
나쁜 세상으로 가는 길을 막게 되나니

가난한 사람이 찾아와 구걸하거든
내 생활이 어렵더라도
인색하지 말아야 할 것이다.

22

이 세상에 올 때 우리는
한 물건도 가져오지를 않았고

이 세상을 떠날 때
또한 빈손으로 가게 되나니

자신의 재물도 아끼는 마음이 없는데
하물며 다른 사람의 재물에 무슨 욕심이 있겠느냐.

23

어떤 것도 저승길을 동행하지 못하지만
생전에 지은 업만은 따라가나니

사흘 동안 닦은 마음은
천년의 보물이요
백 년을 탐한 재물은
하루아침에 사라지는 티끌이니라.

24

게송
삼악도의 괴로움은 어디서 올까
탐욕 많은 삶 속에서 생길 뿐이라
부처님의 가르침에 기쁘게 사니
고통스런 꺼먼 욕심 어찌 자라리.

25

세 번째 도 닦는 길은
말을 적게 하고
몸을 함부로 움직이지 말아야 한다.

26

몸을 함부로 움직이지 않으면
어시러운 생각이 가라앉아
고요한 마음이 되고

말을 적게 하면
어리석은 마음이 바뀌어
슬기로운 마음이 되니

참된 바탕은
모든 말을 떠난 것이요
참된 이치는
움직이는 것이 아니니라.

27

입은 불행의 문이니
반드시 엄하게 지켜야만 하고

몸은 재앙의 근본이니
가볍게 움직여서는 아니 되느니라.

28

촐싹거리며 자주 움직이는 새는
어느 날 사냥꾼의 그물에 걸릴 것이요

함부로 가볍게 떠도는 짐승들은
사냥꾼의 화살을 피할 수 없다.

29

그러므로 세존께서 설산에 머물되
육 년을 앉아 움직이지 않으셨고
달마 대사는 소림굴에서
묵묵히 앉아 구 년을 계셨으니

뒷날 참선하는 이들이라면
어찌 이 옛 어른들의 자취를
본떠서 공부하지 않겠느냐.

30

계송
몸과 마음 고요하여 흔들림 없고
혼자 사는 띠집 토굴 찾는 이 없어
적막하고 고요하여 할 일 없으니
마음속의 부처님만 바라본다네.

31
네 번째 도 닦는 길은
오직 좋은 도반만 가까이 할 뿐
나쁜 친구는 사귀지 말아야 한다.

32
새가 쉬고자 함에
반드시 숲을 가리는 것과 같이

사람이 배우고자 할 때
좋은 스승과 도반을 선택해야 할 것이니

새가 숲과 나무를 잘 선택하면
쉬는 일이 편안하고

사람이 스승과 도반을 잘 선택하면
그 배움이 높아질 것이니라.

33

그러므로 좋은 도반은
부모처럼 받들어 섬기고

나쁜 친구는
원수처럼 멀리 해야 하느니라.

34

학도 까마귀를 벗 삼지 않는데
봉새가 어찌 뱁새를 벗 삼을 수 있겠는가.

35

높이 솟은 소나무를 휘감은 칡넝쿨은
하늘 높이 쑥쑥 올라가지만

낮은 띠풀 속에 엉킨 나무는
그 높이가 석 자를 넘지 못할 것이니

어질지 못한 소인배는 늘 멀리하고
뜻이 높은 사람들과는 자주 어울려야 하느니라.

36

계송

늘 언제나 좋은 도반 곁에 살면서
몸과 마음 잘 다스려 번뇌 없으면
삿된 생각 사라지고 앞길이 뚫려
그 자리서 조사 관문 뚫게 되리라.

37

다섯 번째 도 닦는 길은
잠잘 시간 외에 자지 말아야 한다.

38

오랜 세월 세세생생 도에 장애되는 것은
잠자는 마구니보다 더한 것이 없으니
온종일 깨어 있는 마음으로
화두를 의심하고 졸지 말 것이며

오가며 앉고 눕는 삶 속에서
끊임없이 마음 빛을 돌려
스스로 마음의 본바닥을 볼 것이니

만일 그렇게 하지 아니 하고
일생을 헛되이 보낸다면
만겁에 한이 되리라.

39

변해가는 것은 찰나요 순간이라
하루하루가 놀랍고도 두려운 날들이요

사람의 목숨은 잠깐이라
변함없이 그 목숨을 보존할 수 없는 것이니

아직 조사의 관문을 뚫지 못했다면
어찌 편안하게 잠만 잘 수 있겠느냐.

40
게송
많은 잠은 큰 지혜를 덮어버리니
이 경계에 수행자들 길을 잃지만
정신 차려 화두 들고 한 소식하면
먹장구름 사라진 곳 둥근 보름달.

41

여섯 번째 도 닦는 길은
헛되이 스스로를 높이고 다른 사람을 업신여겨
잘난 체를 하지 말아야 한다.

42

어진 마음을 닦아 얻는 길은
겸손하고 사양하는 마음이 근본이요

좋은 도반과 가까이 하는 길은
믿고 공경하는 마음이 으뜸이니라.

43

나 잘났다는 마음이 산처럼 높아지면
괴로움이 가득 찬 삼악도 나쁜 길로
더욱 깊이 떨어질 것이니

겉모습은 존귀한 듯 보이지만
마음은 썩어서 구멍 뚫린 배와 같구나.

44

벼슬이 높아지면 높아질수록
마음은 더욱 자상하게 써야 하며

도가 높아지면 높아질수록
쓰는 마음은 더욱 낮추어야 하느니라.

45

나 잘난 생각이 사라진 곳에
무위도無爲道는 저절로 이루어지니
마음을 낮추어 사는 자에게
온갖 복이 저절로 굴러 오느니라.

46

게송

교만은 슬기로움 덮어 버리고
잘났다는 마음은 무명만 키워
배움 없이 나이 들고 늙어 버리니
아파 누운 신음 소리 끝이 없구나.

47

일곱 번째 도 닦는 길은
여자와 재물을 보면 반드시 바른 생각으로
이들을 대해야 한다.

48

몸을 해치는 것은
여자보다 더한 것이 없고

도를 상실케 하는 것은
재물보다 더한 것이 없느니라.

49

이 때문에 부처님께서는
재물과 여자를 가까이 못하도록
엄히 다스려 말씀하시기를

"눈으로 예쁜 여자를 보면
호랑이나 독사를 보듯 해야 하고
몸에 지닌 금과 옥은
나무나 돌같이 보아야만 한다."라고 하셨느니라.

50

남의 눈에 띄지 않는 곳에 있더라도
웃어른을 대하듯 몸가짐을 가져

남이 보든 안 보든 간에
똑같은 몸가짐과 마음가짐으로
안팎이 다르지 않게 할지어다.

51

마음이 깨끗하면
좋은 신들이 지키고 보호하지만

여자를 그리워하면
모든 하늘이 용납하지를 않으니

하늘 신이 지켜주면
어려움 속에 있더라도
어려움이 없을 것이요

하늘 신이 용납하지 않는다면
편안한 곳에 있더라도
마음이 편치 않을 것이니라.

52

계송

욕심 냄은 염라대왕 지옥 가는 길

맑은 수행 아미타불 정토로 가네

지옥 속에 들어가면 수많은 고통

극락세계 태어나면 영원한 행복.

53

여덟 번째 도 닦는 길은

세상 사람과 사귐으로써

남의 혐오와 질투를 받지 말아야 한다.

54

마음속에 애욕을 떠나보낸 이를
스님이라 하고

세상살이를 그리워하지 않는 것을
출가라고 하니

이미 애욕을 끊고 세상살이를 떨쳤는데
어찌 세상 사람들과 다시 어울려 노는 일 있으리오.

55

세속 인연을 좋아하고
세상살이를 그리워하는 것은
옷과 밥에 대한 욕심이 많은 것이니

옷과 밥에 대한 욕심이 많은 것은
예로부터 도 닦는 마음이 아니니라.

56

세속 사람과 인연이 짙으면
도 닦는 마음이 성글어지니
그런 인정은 물리쳐
영원히 돌아보지 말아야 하느니라.

57

출가한 뜻 저버리지 않고자 하면
모름지기 깊은 산속에서
부처님의 오묘한 뜻을 끝까지 알아가되

검소한 옷차림과 살림살이로
세속 사람과의 인연을 끊고

굶주림과 배부름에 무심하다면
닦는 도는 저절로 높아지리라.

58
게송
나와 남을 위하는 일 선하다 해도
모두가 다 알고 보면 생사의 끈들
솔바람과 밝은 달빛 벗을 삼아서
번뇌 없는 조사선과 함께 하리라.

59
아홉 번째 도 닦는 길은
다른 사람의 허물을 말하지 말아야 한다.

60
나쁜 일이나 좋은 일을 남한테 듣더라도
마음에 동요가 없어야 한다.

61

쌓은 덕이 없이 남의 칭찬을 받는 것은
진실로 부끄러운 일이요

허물이 있어 충고를 받는 것은
참으로 나에겐 즐거운 일이니라.

62

충고를 즐겁게 받아들인다면
허물을 알고 반드시 고치게 될 것이요

부끄러움을 안다면
도를 닦는 일에 게으름이 없을 것이다.

63

다른 사람의 허물을 말하지 말라.
끝내 그 과보로써
반드시 몸을 상하게 되리라.

64

다른 사람을 헐뜯는 말은
자신의 부모를 헐뜯는 말로 알아야 하니

비록 오늘 아침에는
다른 이의 허물을 이야기하지만
뒷날은 말머리를 돌려
나의 허물을 이야기할 것이다.

65

그렇더라도 무릇 중생들이 하는 일은
모두 헛된 것인데

그들의 비방과 칭찬에 따라서
어찌 근심하고 기뻐하겠느냐.

66

게송

눈만 뜨면 남의 허물 이야기하고
어둔 마음 밤새도록 잠만 즐기면
이런 출가 시주 빚만 더 키워가니
삼계 고통 벗어나기 더욱 어렵네.

67

열 번째 도 닦는 길은
대중 속에 살면서
언제나 평등한 마음을 지녀야만 한다.

68

사랑하는 사람과 부모를 떠나온 까닭은
법의 세계가 평등하기 때문이니라.

69

대중 속에 살면서 어느 한 사람에게
가깝거나 멀다는 생각이 있으면
반드시 평등하지 못한 마음을 쓰는 것이니
그런 마음으로 출가한들
공부에 무슨 덕이 있겠느냐.

70

마음속에
미워하거나 좋아하는 마음이 없다면

나한테 어찌
괴롭고 즐거운 마음이 있을 수 있겠느냐.

71

평등한 성품 가운데는
나와 남이라는 구별이 없고

태양처럼 밝은 오롯한 지혜에는
가깝거나 멀다는 분별이 없느니라.

72

삼악도에 생사를 되풀이함은
사랑과 미움에 얽혀 있기 때문이요

중생이 육도六道에 윤회함은
친한 이나 친하지 않은 사람들과의 인연에
복잡하게 얽혀 있기 때문이니라.

73

경계를 맞이하는 마음이 평등하면
본디 취하고 버릴 것이 없으니

본디 취하고 버릴 경계가 없다면
중생의 생사가 어디에 있겠느냐.

74

게송

최상의 깨달음을 얻고자 하면
평등한 한마음을 지녀야 한다.
미움이나 사랑만을 따지고 들면
참다운 도 멀어지고 업만 쌓이네.

75

주인공아!

그대가 사람으로 태어나는 일은
눈먼 거북이가 천년 만에 숨을 쉬기 위해
바다 한가운데서 구멍 난 나무를 만나는 일처럼
참으로 어렵고도 희귀한 일인데

그대의 일생이 얼마나 된다고
공부는 하지 않고 게으름만 피우는가.

76

사람으로 태어나는 일은
참으로 어려운 일이요

부처님의 법을 만나는 일은
더욱 어려운 일인데

이 생에 이 몸을 잃게 되면
만겁에 다시 만나기 어려우니

모름지기 도를 닦는
열 가지 가르침을 받아 지녀
날마다 새로운 마음으로 부지런히 닦아
도에서 물러나지 말고
어서 빨리 바른 깨달음을 이루어서
많은 중생을 제도할지어다.

77

본디 나의 원력은
그대 혼자만 생사를 해결하는 것이 아니라
널리 모든 중생을 다 제도하는 데 있느니라.

78

무슨 까닭이겠느냐.

오랜 옛날부터 금생에 이르기까지
그대가 여러 모습으로 늘 윤회할 때
모든 중생을 부모로 기대어 생사를 되풀이하였으니
따라서 오랜 세월에 걸쳐 인연 맺었던 부모들이
그대에게는 헤아릴 수 없이 많기 때문이니라.

79
이로 본다면
육도六道에 있는 모든 중생들
많은 생에 걸쳐 보면
너의 부모 아닌 분들이 없는 것이다.

80
이런 중생들이 모두
괴로움이 가득 찬 삼악도에 빠져
밤낮으로 큰 어려움을 당하고 있는데도
그대가 이들을 제도하지 않는다면

어느 때 이들이
그 고통에서 빠져나올 수 있겠느냐.

81

아! 슬프다
모든 것이 다 큰 아픔뿐이로다.

부디 천 번 만 번 그대에게 바라노니

하루빨리 큰 지혜를 드러내고
오롯한 신통력을 다 갖추어
자유자재한 크고 작은 방편으로
어서 빨리 거친 파도를 헤쳐 가는
지혜로운 길잡이가 되어

고통 속에 빠져 있는 어리석은 중생들을
널리 두루 빠짐없이 제도할지어다.

82

그대는 보고 듣지 못하였는가.

윗대의 모든 부처님과 조사 스님들도
예전에는 다 그대와 같은 범부였으니
그분들이 이미 장부가 되었다면
그대 또한 장부가 될 것이다.
여태까지 장부가 되려 하지 않았을 뿐
그대가 장부가 될 수 없는 것은 아니었다.

83

옛 어른께서

"도는 사람을 멀리하지 않건마는
사람이 스스로 도를 멀리한다." 하였고

또 "내가 어질고자 하면
어진 마음이 따라온다."고 하였으니

이런 표현들은 참으로 진실한 말씀이다.

84

이런 믿음이 퇴보하지 않는다면
어느 누가 자기의 참 성품을 바로 보아
부처님이 되지 않을 수 있겠느냐.

85

내가 이제 불佛·법法·승僧 삼보에 증명하고
낱낱이 그대에게 타이르고 있나니

잘못인 줄 알고도 잘못을 범한다면
산 채로 무간지옥에 떨어질 것이라
수행자로서 행동을
조심하고 삼가지 않을 수 있겠느냐.

86

게송

뜨고 지는 둥근 달에 늙어만 가고
동산 서산 오가는 해 세월만 재촉
명예 이익 구하는 일 찬이슬 같고
부귀영화 험한 인생 허망한 꿈들.

권하노니 마음 다해 수행을 하라
어서 빨리 성불하여 중생 구하라
이번 생에 내가 한 말 듣지 않으면
뒷세상에 서러움만 가득하리라.

초 발 심 자 경 문

원 문 과 역 해

2부

승찬과 도신의 문답

어느 날 혜가를 계승한 승찬에게 어떤 어린 스님이 찾아와
불법의 문을 두드렸다.
"어떤 마음이 불심(佛心)인지요?"
"네 마음에 불심이 없다면 불심 또한 없다."
"대사님, 저에게 해탈의 법문을 활짝 열게 해주십시오."
"누가 널 묶었느냐?"
아무도 묶지 않았습니다."
"아무도 널 묶지 않았다면 이미 해탈이 되었거늘 어찌 또
해탈의 법문을 구하느냐?"

이 말에 크게 깨달은 어린 스님은 곧 승찬의 수제자가 되
었으며, 그가 곧 선종의 제4대인 도신(道信)이다. 그리고
제5대 홍인(弘忍)을 거쳐 제6대 혜능에 이르러 선에 생기
가 돈다.

1. 誡初心學入文 마음 닦는 이를 위하여

海東沙門 牧牛子 述

1

夫初心之人은 須遠離惡友하고 親近賢善하며 受五戒十戒等
하여 善知持犯開遮하라.

처음 도를 닦고자 하는 이는
모름지기 나쁜 친구를 멀리 하고
어질고 착한 친구를 가까이 해야 하며

맑고 아름다운 세상을 살 수 있는
부처님의 오계나 십계 등을 받아 익혀
그 법의 쓰임새를 잘 알고 지켜야만 하느니라.

2

但依金口聖言이지 莫順庸流妄說이어다.

오직 부처님 말씀에 기대어 살 일이지
잘못 살고 있는 세상 사람들의
헛된 말을 따르지 말지어다.

3

旣已出家하여 參陪淸衆이면 常念柔和善順하며
不得我慢貢高하라.

이미 출가하여
맑고 깨끗한 대중들과 함께 사는 이는
늘 부드러운 마음으로
대중을 뜻을 잘 따라
내가 잘났다는 마음을 버려야 하느니라.

4

大者는 爲兄하고 小者는 爲弟하라.

나보다 나이 든 이는 형님으로 섬기고
어린 사람은 친아우로 여겨야 하느니라.

5

儻有諍者이면 兩說을 和合하여 但以慈心으로 相向이지
不得惡語로 傷人이어다.

만일 다투는 이들이 있다면
두 사람의 처지를 잘 다독거려
자비로운 마음으로 해결해야지
거친 말로 이들을 다치게 하지 말지어다.

6

若也欺凌同伴하여 論說是非이면 如此出家는 全無利益이니라.

같이 사는 도반들을
속이고 능멸하여 시비로 다툰다면
이런 출가는
조금도 이익이 없느니라.

7

財色之禍는 甚於毒蛇이니 省己知非하여 常須遠離하라.

재물과 여자에게서 오는 화근은
독사보다 심한 것이니
자신을 살피고 그 그릇됨을 알아
모름지기 이들을 늘 멀리해야 하느니라.

8

無緣事則이면 不得入他房院하며 當屏處에 不得强知他事하라.

특별한 일이 없다면
남의 방에 들어가지 말 것이며

남모르는 곳에 숨어
억지로 남의 일을
알려고 해서도 아니 되느니라.

9

非六日이면 不得洗浣內衣하라. 臨盥漱에 不得高聲涕唾하라.

육일 십육일 이십육일이 아니거든
속옷을 빨지 말 것이며

이 닦고 세수할 때
큰소리로 코를 풀거나
침을 뱉지 말지어다.

10

行益次에 不得搪突越序하며 經行次에 不得開襟掉臂하며
言談次에 不得高聲戲笑하라.

대중공양을 받을 때
당돌하게 순서를 어기지 말며

길을 걸을 때는
옷깃을 풀어헤치거나
팔을 크게 흔들지 말 것이며

남과 이야기할 때에는
큰소리를 내거나
깔깔거리고 웃지 말지어다.

11
非要事어든 不得出於門外하라.

중요한 일이 아니거든
절 문밖을 나가지 말지어다.

12

有病人이어든 須慈心으로 守護하고 見賓客이어든 須欣然迎接
하며 逢尊長이어든 須肅恭迴避하라.

아픈 이가 있거든
자비로운 마음으로 보살펴야 하고

손님을 대하거든
기쁜 마음으로 맞이해야 하며

웃어른을 만나거든
옆길로 공손하게 비켜나야 하느니라.

13

辦道具할때 須儉約知足하라.

살림살이를 장만할 때는 근검절약하여
검소한 것에 만족할 줄 알아야 하느니라.

14

齋食時에 飮啜不得作聲하라.

공양할 때에는
소리 내면서 먹지 말지어다.

15

執放에 要須安詳하되 不得擧顏顧視하며 不得欣厭精麤하라.

수저를 쥐고 놓을 때에
그 움직임을 주시하여 천천히 손을 놀리되

얼굴을 들고
고개를 두리번거리지 말며

음식의 맛을 가려
좋아하거나 싫어하는 마음을 내지 말지어다.

16

須默無言說하되 須防護雜念하고 須知受食이 但療形枯하여
爲成道業하며 須念般若心經하고 觀三輪淸淨에 不違道用하라.

공양을 할 때는
모름지기 말이 없되
먹는 데 집중하여
딴생각을 하지 말아야 하고

음식을 받아먹는 것은
이 몸을 건강하게 하여
오직 도업을 이루고자 하는 것임을
잘 알아야만 하며

공양할 때는 늘 반야심경을 외우고
시주하는 이, 받는 이와 오가는 시주물의
맑고 깨끗함을 보아
도 닦는 데 마음을 집중해야 하느니라.

17

赴焚修에 須早暮勤行하여 自責懈怠하고 知衆行次에
不得雜亂하라.

향을 사르고 예불함에
아침저녁으로 부지런히 하여
스스로 게으르지 않게 다짐하고

대중들이 함께 움직일 때는
자기의 차례를 알아
어지럽게 소란을 피워서는 아니 되느니라.

18

讚唄祝願하며 須誦文觀義이지 不得但隨音聲하고
不得韻曲不調하며 瞻敬尊顔하되 不得攀緣異境하라.

부처님을 찬탄하고 축원하며
글을 외워 그 뜻을 보아야지
목소리만 크게 높이지 말 것이고

소리와 곡조도
다른 대중들과 조화롭게
잘 어우러지게 하며

예불할 때
부처님의 얼굴을
경건하게 바라보아야지
딴생각을 일으켜서는 아니 되느니라.

19

須知自身罪障이 猶如山海하고 須知理懺事懺으로
可以消除니라.

자신의 죄와 업장이
산과 바다처럼 많다는 것을
반드시 알아야만 하고

이 죄와 업장을
몸과 마음을 다해 참회하여
없애야 할 것임을 잘 알아야 하느니라.

20

深觀能禮所禮 皆從眞性緣起이며 深信感應이 不虛로서
影響相從이니라.

절을 하는 나와 절을 받는 부처님들이
모두 참 성품의 인연에서
일어나고 있는 일임을
깊이깊이 알아야만 하며

부처님의 가피가 헛되지 않은 것이
몸의 그림자나 메아리처럼
언제나 곁에 있다는 것을
또한 깊이 믿어야만 하느니라.

21

居衆寮에 須相讓不爭하며 須互相扶護하되 愼諍論勝負하라.

대중들이 모여 사는 방에서는
서로 양보하고 살되
다투지 말아야 하며
대중들은 서로 돕고 보호하되
서로 이기거나 지거나 하는 다툼은
삼가야만 하느니라.

22

愼聚頭閒話하며 愼誤著他鞋하며 愼坐臥越次하라.

하릴없이 모여 앉아
잡담하는 일이 없어야 하고

다른 사람의 신발을
잘못 신는 일도 없어야 하며

대중이 앉고 눕는 자리를
내 마음 내키는 대로 하는 일도
삼가야 하느니라.

23
對客言談에 不得揚於家醜하며 但讚院門佛事하라.

손님을 맞아 이야기함에
집안의 추한 일을
들추지 말 것이며

다만 절집 안의
좋은 부처님 일만
찬탄해야 하느니라.

24

不得詣庫房하여 見聞雜事하고 自生疑惑하라.

곳간에 나아가
이런저런 일을 보고 듣고 하여
자기 혼자 의혹을 일으키지 말지어다.

25

非要事어든 不得遊州獵縣 與俗交通하여
令他憎嫉케 하거나 失自道情이어다.

아주 중요한 일이 아니거든
이 마을 저 마을 다니면서 속인들과 사귀어
다른 사람의 미움이나 질투를 받거나
자신의 도 닦는 마음을 잃게 해서는 아니 되느니라.

26

儻有要事로 出行어든 告住持人 及管衆者하여
令知去處케 하라.

중요한 일이 있어 마을에 가게 되면
주지 스님과 대중을 관리하는 스님에게
자신이 가는 곳을 알게 해야 하느니라.

27

若入俗家어든 切須堅持正念하여 愼勿見色聞聲 流蕩邪心이라.

마을 집에 들어가거든
바른 생각을 굳게 지님으로써
세상살이를 보고 들으면서
삿된 마음에 빠져 들어가는 일이
없어야만 하느니라.

28

又況披襟戲笑하여 亂說雜事하며 非時에 酒食으로
妄作無礙之行하여 深乖佛戒리오.

그런데 하물며
옷깃을 풀어헤치고 천하게 웃어대며
쓸데없는 일들을
어지럽게 이야기하고

아무 때나 좋지 않은 술과 음식으로
거침없이 보기 흉한 짓을 하여
부처님의 아름다운 삶을
심하게 망가트릴 수 있겠느냐.

29

又處賢善人 嫌疑之間하면 豈爲有智慧人也리오.

또 이런 짓을 저질러
어질고 착한 사람들이 싫어하고 의심한다면
어찌 슬기로운 사람이라 할 수 있겠는가.

30

住社堂에 愼沙彌同行하며 愼人事往還하며 愼見他好惡하며
愼貪求文字하며 愼睡眠過度하며 愼散亂攀緣이니라.

대중과 같이 공부하는 처소에서
사미와 함께
돌아다니는 일은 삼가야 하고

다른 이의 일로
쓸데없이 왔다 갔다 하는 것도
삼가야 하며

나 아닌 다른 이의 좋고 나쁜 점을
가려보는 일도
삼가야 하며

지나치게 글만 보려는 행동도
삼가야 하며

잠을 너무 많이 자는 것도
삼가야 하며

어지러운 마음으로
쓸데없는 인연을 만드는 일도
삼가야만 하느니라.

31

若遇宗師 陞座說法이어든 切不得於法에 作懸崖想하여
生退屈心하고 或作慣聞想하여 生容易心하니 當須虛懷聞之하면
必有機發之時리라.

큰스님이 설법하시거든
아주 어려운 법이라고 생각하여
도에서 물러나고자 하는 마음을
절대로 가져서는 아니 되고

늘 듣는 법이라는 안일한 생각으로
법을 너무 쉽게 생각하는 마음이
생겨나서도 아니 될지니

법문하는 자리에서 마음을 비우고
열심히 법을 듣다보면
언젠가는 반드시
참 깨달음이 올 때가 있으리라.

32

不得隨學語者하여 但取口辦이니 所謂 蛇飮水하면 成毒하고
牛飮水하면 成乳하며 智學은 成菩提하고 愚學은 成生死라 하니
是也니라.

말만 배우는 이들을 따라
입만 놀리지 말지니

말하자면

"독사가 마신 물은 나쁜 독이 되나
소가 마신 물은 우유가 되듯이
슬기로운 배움은 바른 깨달음을 이루나
어리석은 배움은 괴로운 생사가 된다."고

한 것이 바로 이 뜻이니라.

33

又不得於主法人에 生輕薄想이니 因之 於道에 有障하여
不能進修하리니 切須愼之어다. 論云하되 如人이 夜行에 罪人이
執炬當路커든 若以人惡故로 不受光明하면 墮坑落塹去矣리라.

법을 가르치는 법사法師를
업신여기지 말지어다.

이것이 바로 도의 걸림돌이 되어
공부에 진전이 없을 것이니
간절히 삼가고 삼갈지어다.

이를 논論에서는

"만약 어떤 사람이
깜깜한 밤에 길을 갈 때
죄인이 횃불을 들고 있다고 생각하여
그 불빛을 뿌리치고 의지하지 않는다면

험한 구덩이에 떨어질 것이다."고
말하고 있느니라.

34

聞法之次에 如履薄冰하여 必須側耳目而聽玄音하고
肅情塵而賞幽致하며 下堂後에 默坐觀之하되 如有所疑어든
博問先覺하라.

법문을 들을 때는 살얼음을 밟는 듯
한 마디라도 놓칠까 눈과 귀를 기울여서
깊은 뜻을 새겨듣고
마음 티끌을 엄히 다스려
그윽한 이치를 즐겨야 하며

법문을 들은 뒤에
가만히 앉아
그 뜻을 새겨보되

의심이 나는 데가 있거든
먼저 깨친 이를 찾아
그 뜻을 알 때까지
널리 물어보아야만 하느니라.

35

夕惕朝詢하야 不濫絲髮이니 如是乃可能生正信하여야
以道로 爲懷者歟이니라.

저녁에 법문의 뜻을 새기고 새기다가
의심이 풀리지 않거든
아침에 선지식을 찾아 그 뜻을 물어
실오라기 털끝만치라도
허튼 다른 생각을 일으켜서는 아니 되니

이와 같이
바른 믿음을 낼 수 있어야
도를 품은 사람이라 할 수 있느니라.

36

無始習熟 愛欲恚癡는 纏綿意地하여 暫伏還起에
如隔日瘧하니 一切時中에 直須用加行方便智慧之力하여
痛自遮護인데 豈可閒謾遊談無根하고 虛喪天日하며
欲冀心宗而求出路哉이리오.

세세생생 아주 오랫동안 몸에 밴
애욕과 성냄과 어리석음은
마음속에 똘똘 얽혀
없는 듯 숨어 있다 일어나는 것이
마치 하루 걸러 일어나는 학질과도 같으니

오가며 앉고 눕는 모든 삶 속에서
현명한 지혜와 방편으로 부지런히
이들 번뇌가 일어나지 않도록 해야 할 것인데

한가로이 앉아
부질없이 근거 없는 이야기로
헛되이 시간을 쓰고 있다면
이로 어찌 깨달음을 구해
삼계를 벗어나려 한다 할 수 있겠느냐.

37

但堅志節하고 責躬匪懈이어 知非하면 遷善하여
改悔調柔하며 勤修而觀力轉深하고 鍊磨而行門益淨하리라.

오로지 뜻을 굳건히 하고
자신을 독려하여 게으름 없이
나의 잘못들을 알면 바로 고쳐
부드러운 마음을 지닐 뿐이니

이처럼 부지런히 닦고 연마해 나간다면
경계를 살피는 힘은 더욱 깊어지고
수행의 길은 더욱 맑아지리라.

38

長起難遭之想하면 道業恒新하고 常懷慶幸之心하면
終不退轉하리라.

부처님의 법은 만나기 어렵다는
이 생각을 늘 잊지 않는다면
도 닦는 일은 언제나 새로운 일이고

늘 축복받아 다행이라는
고마운 마음을 지닌다면
도 닦아 나가는 마음이
약해지는 일은 끝내 없으리라.

39

如是久久하면 自然定慧圓明하여 見自心性하고
用如幻悲智로 還度衆生하여 作人天大福田하리니 切須勉之어다.

이와 같이 오래 오래 공부해 나간다
저절로 선정과 지혜만이 오롯해져
내 마음의 참 성품을 보게 되고

환幻 같은 지혜와 자비로써
중생들을 제도하여
하늘과 인간의 큰 복전이 되리니

이 글을 깊이 마음에 아로 새겨
부지런히 노력하고 또 노력할지어다.

2. 發心修行章 마음 닦는 수행이란

海東沙門 元曉 述

1

夫諸佛諸佛이 莊嚴寂滅宮은 於多劫海에 捨欲苦行이며 衆生
衆生이 輪廻火宅門은 於無量世에 貪慾不捨이니라.

모든 부처님께서

아름다운 세상을 활짝 펴 보이신 것은

오랜 세월 욕심을 버리고

뼈를 깎는 고행苦行을 하셨기 때문이며

중생들이

타는 듯한 고통 속에 윤회하는 것은

헤아릴 수 없는 세월 속에서

많은 욕심을 버리지 못했기 때문이다.

2

無防天堂에 少往至者는 三毒煩惱로 爲自家財며 無誘惡道에
多往入者는 四蛇五欲으로 爲妄心寶이니라.

막는 이 없는 하늘나라에
가는 이가 적은 것은
욕심과 성냄과 어리석음을
자신의 재물로 삼았기 때문이며

오라고 권유하지 않는 험하고 나쁜 세상에
많은 이들이 들어가는 까닭은
자신의 몸과 다섯 가지 욕심을
헛된 마음의 보물로 삼았기 때문이다.

3

人誰不欲歸山修道리오마는 而爲不進은 愛欲所纏이니라.

이들 가운데 그 누구인들

산에 들어가서

도 닦을 마음이 없겠는가마는

그리 하지 못하는 것은

애욕에 얽매여 있기 때문이다.

4

然而不歸山藪修心이나 隨自身力하여 不捨善行하라.

그러나 산으로 돌아가서

마음을 닦지는 못하더라도

제 힘껏 노력하여

착한 마음을 버리지 말아야 하느니라.

5

自樂能捨하면 信敬이 如聖이오 難行을 能行하면 尊重如佛이니라.

스스로 세상 즐거움을
버릴 수만 있다면

다른 사람이 믿고 존경하는 것이
성인과 같을 것이요

남이 하지 못하는 어려운 수행을
해낼 수만 있다면

다른 사람에게 존중 받는 것이
부처님과 같을 것이다.

6

慳貪於物은 是魔眷屬이요 慈悲布施는 是法王子니라.

인색하고 재물을 욕심 내는 사람은
마구니 권속이요
자비로운 마음으로 보시하는 사람은
큰 법의 왕자이다.

7

高嶽峨巖은 智人의 所居요 碧松深谷은 行者의 所棲니라.

높은 산 큰 바위는
슬기로운 사람이 머물 곳이요
푸른 솔 깊은 골짜기는
눈 푸른 수행자가 살 곳이다.

8

飢殤木果로 慰其飢腸하고 渴飮流水로 息其渴情하리라.

배가 고프면
나무 열매로 굶주린 창자를 위로하고
목이 마르면
흐르는 물로 갈증을 멈추게 하리라.

9

喫甘愛養하여도 此身定壞하며 著柔守護하여도 命必有終하리라.

맛있는 음식으로
아끼고 보살펴도
이 몸뚱이는 언젠가 반드시 무너질 것이며

부드러운 옷으로
이 몸을 둘둘 감싸 치장하더라도
이 목숨은 언젠가 반드시 끝날 날이 있으리라.

10

助響巖穴로 爲念佛堂하고 哀鳴鴨鳥로 爲歡心友하리라.

소리가 울리는 바위굴을
염불하는 장소로 삼고

구슬피 우는 기러기 떼로
마음을 기쁘게 해주는
벗으로 삼으리라.

11

拜膝如冰이라도 無戀火心하며 餓腸如切이라도 無求食念하리라.

절하는 무릎이
얼음처럼 차가워도
따뜻한 불을 찾는 마음이 없으며

굶주린 창자가
뒤틀려 끊기는 듯하더라도
맛있는 음식을 찾지 않으리라.

12

忽至百年이어늘 云何不學하며 一生幾何일새 不修放逸이오.

잠깐 사이에 백 년이 되거늘
어찌 배우지 아니하며

인생이 얼마나 되기에
쓸데없이 게으름을 피우느냐.

13

離心中愛를 是名沙門하고 不戀世俗을 是名出家라 하니라.

마음속에 있는 애욕을 떠난 것
이를 일러 '스님'이라 하고

세속의 삶을 그리워하지 않은 것
이를 일러 '출가'라고 한다.

14

行者羅網은 狗被象皮요 道人戀懷는 蝟入鼠宮이니라.

수행자로서
비단 옷을 입는 것은
개가 코끼리 가죽을 쓰는 것이요

도 닦는 사람이
연정을 품는 것은
고슴도치가
쥐구멍에 들어가는 것과도 같다.

15

雖有才智나 居邑家者는 諸佛이 是人에 生悲憂心하고
設無道行이나 住山室者는 衆聖이 是人에 生歡喜心하니라.

공부에 근본과 지혜가 있더라도
마을 사람들과 섞여 살면
모든 부처님께서는
그를 걱정하고 가엾어 하며

설사 도를 닦는 행이 없더라도
푸른 숲 깊은 산속에만 살면
뭇 성인들은
그에게 기쁜 마음을 드러낸다.

16

雖有才學이나 無戒行者는 如寶所導 而不起行이요
雖有勤行이나 無智慧者는 欲往東方而向西行이니라.

재주와 배움이 있더라도
아름다운 행함이 없는 자는
보물이 있는 곳으로 안내해도
따라가지 않는 것과 같은 것이요

부지런하지만 지혜가 없는 자는
동쪽으로 가고자 하나
서쪽으로 가는 것과 같은 것이다.

17

有智人의 所行은 蒸米作飯이요 無智人의 所行은
蒸沙作飯이니라.

슬기로운 이가 행하는 것은
쌀을 쪄 밥을 만드는 것이요

슬기롭지 못한 이가 행하는 것은
모래를 쪄 밥을 만드는 것과 같으니라.

18

共知喫食而慰飢腸하되 不知學法而改癡心이니라.

사람들이 모두 밥을 먹고
굶주린 창자를 채울 줄은 알되

부처님의 법을 배워
어리석은 마음을 고칠 줄은 모르는구나.

19

行智具備는 如車二輪이요 自利利他는 如鳥兩翼이니라.

지혜와 행함
이 둘을 갖춤은
길을 굴러가는 수레의
두 바퀴와 같고

자기를 이롭게 하면서
남도 이롭게 하는 것은
허공을 나는
새의 두 날개와도 같도다.

20

得粥祝願하되 不解其意하면 亦不檀越에 應羞恥乎아.

죽을 받고 축원하되
그 참뜻을 알지 못한다면
이 또한 단월의 정성에
부끄러운 일이 아니겠느냐.

21

得食唱唄하되 不達其趣하면 亦不賢聖에 應慚愧乎아.

공양 받고 염불하되
그 깊은 이치를 알지 못한다면
이 또한 성현에게
부끄러운 일이 아니겠느냐.

22

人惡尾蟲이 不辨淨穢하며 聖憎沙門이 不辨淨穢하니라.

사람들은
더러운 벌레들이
깨끗하고 더러운 것을
가리지 못하는 것을 싫어하며

성현들은
청정한 스님들이
깨끗하고 더러운 일을
가리지 못하는 것을 싫어한다.

23

棄世間喧하고 乘空天上은 戒爲善梯니라.

시끄러운 세간의 일들을 버리고
허공을 타고 하늘에 올라감에 있어
아름다운 삶인 부처님의 계는
좋은 사다리가 되느니라.

24

是故로 破戒하고 爲他福田은 如折翼鳥 負龜翔空이라
自罪未脫하면 他罪도 不贖이니라.

이 때문에
아름답게 살지도 못하면서
남의 복전이 됨은

날개 부러진 새가
무거운 거북이를 등에 업고
높은 하늘을 나는 것과 같으니

자신의 죄도
아직 벗지를 못했는데
남의 죄를
어찌 풀어 줄 수 있겠느냐.

25

然이어니 豈無戒行코 受他供給이리오.

그러니 아름다운 계를
지키는 삶도 없이
어찌 남의 시주를
함부로 받아들일 수 있겠는가.

26

無行空身은 養無利益하며 無常浮命은 愛惜不保니라.

아름다운 행함이 없는
헛된 이 몸은
아무리 잘 길러도
뒷날 아무런 이익이 없으며

허망하게 들뜬 목숨은
아끼고 사랑해도
언젠가는
홀연 사라질 것이니라.

27

望龍象德하고 能忍長苦하며 期獅子座하여 永背欲樂하니라.

부처님의 높은 덕을 바라보고
오랜 고행을 잘 참아내야 하며

사자좌에 앉을 날을 기약하여
세간의 욕심과 즐거움을
영원히 등져야 할 것이다.

28

行者 心淨하면 諸天이 共讚하나 道人이 戀色하면
善神이 捨離하니라.

수행자가 마음이 깨끗하면
모든 하늘이 칭찬하나

도를 닦는 이가 여자를 그리워하면
착한 하늘 신도 버리고 떠난다.

29

四大忽散이라 不保久住니 今日夕矣라 頗行朝哉니라.

이 몸은 어느 날
홀연히 흩어지고 말 뿐
오래 보존될 것이 아니니

오늘도 벌써 저녁이라
시간이 어느새
내일 아침이 되는구나.

30

世樂은 後苦어늘 何貪著哉며 一忍은 長樂이어늘
何不修哉리오.

세상의 즐거움은
뒷날에는 괴로움인데

어찌 그것을 욕심 내고 집착할 것이며

한번 세상의 즐거움을 참게 되면
뒷날은 영원한 즐거움이 될 것인데
어찌 이 도를 닦지 않겠는가.

31

道人貪은 是行者의 羞恥이며 出家富는 是君子의 所笑니라.

도를 닦는 이가 욕심을 내는 것은
눈 푸른 수행자의 수치이며

출가자의 재물은
세상 사람들의 웃음거리니라.

32
遮言은 不盡커늘 貪著을 不已라 第二는 無盡커늘
不斷愛著이라 此事는 無限커늘 世事를 不捨라 彼謀無際어늘
絶心不起로다.

이런 말은
일일이 다 할 수도 없거늘
탐욕과 집착을
그치지 않는구나.

다음에 다음으로 미루면서
그 다음이 끝이 없거늘
헛된 애착을
끊지 못하는구나.

이번 일 이번 일만 하면서
이번 일로 끝나는 것이 아닌데
세상의 허튼 일을

저버리지를 못하는구나.

세상일을 도모하는 것이
한도 끝도 없거늘
쓸데없이 도모하는 그 마음을
단숨에 끊지를 못하는구나.

33

今日不盡커늘 造惡은 日多하며 明日이 無盡커늘
作善은 日少니라.

오늘만 오늘만은
그 오늘이 다함이 없거늘
나쁜 짓은
날로 많아지며

내일은 내일에는
그 내일이 끝이 없거늘
좋은 일은
날로 적어지는구나.

34

今年이 不盡커늘 無限煩惱하고 來年無盡커늘 不進菩提로다.

올해는 올해만은
그 올해가 다함이 없는데
끝없이 번뇌만 일으키고

내년은 내년에는
그 내년이 끝이 없거늘
행복한 깨달음으로
나아가질 않는구나.

35

時時移移하여 速經日夜하고 日日移移하여 速經月晦니라.

시간은
끊임없이 흘러
금방
밤낮이 지나가고

하루하루가
끊임없이 바뀌어
빠르게
한 달 그믐이 지나가는구나.

36

月月移移하여 忽來年至하고 年年移移하여 暫到死門하니라.

한 달 한 달이
끊임없이 바뀌어
홀연
일 년이 되고

한 해 한 해가
끊임없이 바뀌어
잠깐 사이
죽음의 문턱에 이르렀구나.

37

破車不行이고 老人不修이니 臥生懈怠하고 坐起亂識하니라.

부서진 수레는

굴러가지를 못하고

늙은 노인은

이 공부를 할 수 없으니

누워서는

게으름만 생기고

앉아서는

어지러운 생각만 일어나느니라.

38

幾生을 不修하고 虛過日夜하며 幾活空身하려
一生을 不修라.

몇 생을 이 공부를 떠나
헛되이 밤낮을 보냈으며

이 헛된 몸을
얼마나 더 살리려고
평생 동안 이 공부를 버려두느냐.

38

身必有終하리니 後身은 何乎리오. 莫速急乎아 莫速急乎아.

이 몸은 반드시 그 끝이 있으리니
뒷날 받을 몸은 어찌하려느냐.

이 일을 안다면
우리의 공부가 급하고 급하지 않겠느냐.

3. 自警文 도 닦으며 스스로 경책하는 글

野雲比丘 述

1

主人公아 聽我言하라 幾人이 得道空門裏어늘
汝何長輪苦趣中고.

주인공아, 내 말을 들어라.

얼마나 많은 사람들이
부처님과 아름다운 인연을 맺어
행복이 충만하고 괴로움이 없는
티끌 없는 세상으로 들어갔는데

그대는 어찌하여
아직도 괴로운 세상에서
끝없이 윤회만 되풀이 하고 있느냐.

2

汝自無始以來로 至于今生히 背覺合塵하고
墮落愚癡 恒造衆惡하여 而入三途之苦輪하며
不修諸善하여 而沈四生之業海로다.

알 수 없는 먼 옛날부터 이번 삶에 이르기까지
그대는 깨달음을 떠나
잘못된 생각으로 어리석음에 빠져
늘 나쁜 짓을 많이 하여
지옥 아귀 축생의 나쁜 길을 따라갔으며

좋은 일은 조금도 베풀지 않아
큰 고통에 빠져 있는
여러 모습의 중생계로 빠져 들었느니라.

3

身隨六賊故로 或墮惡趣則 極辛極苦하고 心背一乘故로
或生人道則 佛前佛後로다.

몸뚱이는 보고 들리는 경계를 따랐으므로
삼악도에 떨어져 극심한 고통을 받았으며

마음은 부처님의 마음에서 멀어졌기에
이 세상에 태어났어도
부처님께서 이미 열반하셨거나
아직 이 세상에 출현하지 않은 때이니라.

4

今亦幸得人身이나 正是佛後末世니 嗚呼痛哉라 是誰過歟오.

이제 다행히도 사람 몸을 받았지만
부처님이 계시지 않은 어려운 세상이니

아 슬프다, 이는 누구의 허물이란 말인가.

5

雖然이나 汝能反省 割愛出家하여 受持應器하고 着大法服하여
履出塵之逕路하고 學無漏之妙法하니 如龍得水며 似虎靠山이라
其殊妙之理는 不可勝言이로다.

그렇지만 이제
그대는 자신의 삶을 돌이켜
애욕을 끊고 출가하여
수행자의 생활을 선택하고

부처님의 옷을 입고
번뇌를 벗어나는 지름길로 접어들어
흠이 없는 오묘한 법을 배우고 있으니

이는 마치 꿈틀거리는 용이 물을 만나고
호랑이가 산에 살고 있는 것과도 같아서
그 수승하고 오묘한 이치는
말로 다 표현할 수가 없도다.

178

6

人有古今이언정 法無遐邇며 人有愚智언정 道無盛衰니라.

사람은 옛날과 지금이 있을지언정
법에는 멀고 가까움이 없으며

사람에게 어리석거나 슬기로운 이가 있을지언정
도에는 이루어지거나 쇠퇴하는 법이 없느니라.

7

雖在佛時나 不順佛敎則 何益이며 縱値末世나
奉行佛敎則 何傷이리오.

부처님이 계시더라도
그분의 가르침을 따르지 않는다면
무슨 큰 이익이 있겠으며

공부하기 어려운 세상이라도
부처님의 가르침을 받들고 따른다면
무슨 상심할 일이 있겠느냐.

8

故로 世尊께서 云하시되 我如良醫하여 知病設藥하나
服與不服은 非醫咎也며 又如善導하여 導人善道하나
聞而不行은 非導過也라 自利利人이 法皆具足하니
若我久住라도 更無所益이니라 自今而後로
我諸弟子 展轉行之則 如來法身이 常住而不滅也라 하시니라.

그러므로 부처님께서 말씀하셨느니라.

"나는 어진 의사로서 중생의 병을 알고
거기에 맞는 처방을 내리지만
그 약을 먹고 안 먹는 것은
중생의 일로서 의사의 허물이 아니며

또 훌륭한 길잡이로서 길을 안내하지만
길 안내를 받고도 따라가지 않는 중생이 있다면
그것도 길잡이의 허물이 아니니라.

나도 남도 이롭게 하는 것이
바른 법에 다 갖추어져 있으니
내가 오래 이 세상에 머물더라도
더 이상 법에 이익 될 것은 없다.

나의 가르침대로 지금부터
그대들이 살아간다면
여래의 법신法身은
늘 그대들 곁에 머물러 영원할 것이니라."

9

若知如是理則 但恨自不修道언정 何患乎末世也이리오.

이런 이치를 안다면
스스로 도를 닦지 않는 자신을 원망할 뿐

어찌 말세라고 엉뚱하게
살기 어려운 세상을 탓하고 근심하겠느냐.

10

伏望하노니 汝須興決烈之志하여 開特達之懷로
盡捨諸緣하고 除去顚倒하며 眞實爲生死大事하여
於祖師公案上에 宜善參究하여 以大悟로 爲則이니
切莫自輕而退窟이어다.

간절히 바라노니
그대들은 굳건한 뜻을 세워
그 마음으로 쓸데없는 모든 인연을 다 버리고
거꾸로 된 잘못된 생각을 없애야 하며

진실로 큰일인 생사를 위하여
조사의 공안에서 잘 참구하여
크게 깨닫는 일을 삶의 법칙으로 삼고서

스스로 업신여기어
공부에서 물러나는 일이
절대로 없어야 할 것이다.

11

惟斯末運에 去聖時遙하여 魔强法弱하고 人多邪侈하며

成人者少하고 敗人者多하며 智慧者寡하고 愚癡者衆하여

自不修道하고 亦惱他人하니 凡有障道之緣을 言之不盡하노라.

이 험한 세상
부처님 안 계신 지 오래되어

마구니는 힘이 강해지고
바른 법은 힘이 약해져서

잘못되고 거만해진 사람들이 많아
도를 이루는 이는 적어지고
도를 이루지 못하는 자는 많아지며

슬기로운 이들은 적어지고
어리석은 자들이 많아져서

스스로 도를 닦지도 못하고
또한 다른 사람을 괴롭히기도 하니

무릇 도를 가로막는 이런 인연들은
이루 말로 다할 수가 없구나.

12

恐汝錯路故로 我以管見으로 撰成十門하여 令汝警策하노니
汝須信持하여 無一可違니 至禱至禱하노라.

그대가 길을 잘못 들까 염려하여
내 좁은 소견으로
도 닦는 열 가지 길을 드러내어
그대를 경책하노니

모름지기 그대는 이를 믿고 받아들여
한 가지도 거스르지 말아야 하느니라.

지극한 마음으로
꼭 그렇게 되기를 바라노라.

13

頌曰　愚心不學增憍慢　癡意無修長我人
　　　空腹高心如餓虎　無知放逸似顚猿
　　　邪言魔語肯受聽　聖敎賢章故不聞
　　　善道無因誰汝度　長淪惡趣苦纏身

게송
어리석어 못 배우면 교만만 늘고
미련하여 못 닦으면 아상만 크네
배움 없는 자존심은 굶주린 표범
앎이 없이 먹고 놀면 미친 원숭이.

삿된 소리 마구니 말 좋아하면서
부처님의 가르침은 듣지 않으니
착한 길에 인연 없는 불쌍한 그대
나쁜 길에 깊이 빠져 고통 받으리.

14

其一은 軟衣美食을 切莫受用이어다.

첫 번째 도 닦는 길은
부드러운 옷과 맛있는 음식의
시주를 함부로 받아들이지 말아야 한다.

15

自從耕種으로 至于口身히 非徒人牛의 功力多重이라
亦乃傍生의 損害無窮이어늘 勞彼功而利我라도 尙不然也온
況殺他命而活己를 奚可忍乎아.

밭을 갈고 씨를 뿌린 뒤에 내게 이르기까지
부드러운 옷과 맛있는 음식에는
많은 사람들의 피와 땀만 들어 있는 것이 아니니

생각해 보면
알게 모르게 죽어간 벌레나 짐승들의 아픔도
얼마나 되는지 헤아릴 수 없을 것이다.

그들의 피와 땀으로 나를 이롭게 한 것도
참으로 옳지 않은 일인데
하물며 그들의 생명을 죽여 나만 살고자 하는 마음을
수행자로서 어찌 감히 생각해낼 수 있겠느냐.

16

農夫도 每有飢寒之苦하고 織女도 連無遮身之衣인데
況我長遊手어니 飢寒을 何厭心이리요.

농부라도 늘 굶주림과 추위의 고통이 있고
베 짜는 여인들도 자신의 몸조차 가릴 옷이 없는데

하물며 일 없이 손을 놀리고 있는 내가
추위와 굶주림을 싫어하는 마음을
수행자로서 어찌 낼 수 있겠느냐.

17

軟衣美食은 當恩重而損道요 破納蔬食은 必施輕而積陰이라.
今生에 未明心하면 滴水도 也難消니라.

부드러운 옷과 맛있는 음식에 들어간
그 깊은 시주의 은혜를 생각하면
가벼운 생각으로 이를 받는 일은
도 닦는 길에 장애가 될 것이요

떨어진 옷과 거친 음식은
시주의 은혜가 가벼울지 모르지만
고마운 마음을 지닌다면
눈에 보이지 않는 음덕을 쌓게 될 것이다.

이 생에 참마음을 밝히지 못한다면
시주받은 한 방울의 물도
제대로 소화해내기 어려운 법이니라.

18

頌曰　菜根木果慰飢腸 松落草衣遮色身
　　　野鶴靑雲爲伴侶 高岑幽谷度殘年

게송
풀뿌리와 나무 열매 음식을 삼고
솔방울과 파란 풀잎 몸을 가리며
뛰노는 학 푸른 하늘 구름 벗 삼아
높은 산 깊은 계곡 도를 닦으리.

19

其二는 自財를 不悋하고 他物莫求어다.

두 번째 도 닦는 길은
자신의 재물을 나누는 데 인색하지 말고
다른 사람의 재물을 욕심 내지 말아야 한다.

20

三途苦上에 貪業이 在初요 六度門中에 行檀이 居首니라.

괴로움이 가득 찬 삼악도三惡途로 가는
첫째 원인은 중생이 욕심 내는 일에 있고

도를 닦아 극락정토로 가는 육바라밀 가운데
으뜸가는 것은 남한테 베푸는 보시니라.

21

慳貪은 能防善道하고 慈施는 必禦惡徑하니 如有貧人이
來求乞커든 雖在窮乏이라도 無悋惜이라.

재물을 나누어주는 데 인색하며 욕심 내는 일은
행복이 가득한
좋은 세상으로 가는 길을 막고

자비로 베푸는 삶은
괴로움이 가득 찬
나쁜 세상으로 가는 길을 막게 되나니

가난한 사람이 찾아와 구걸하거든
내 생활이 어렵더라도
인색하지 말아야 할 것이다.

22

來無一物來이고 去亦空手去라 自財도 無戀志인데
他物에 有何心이리오.

이 세상에 올 때 우리는
한 물건도 가져오지를 않았고
이 세상을 떠날 때
또한 빈손으로 가게 되나니

자신의 재물도 아끼는 마음이 없는데
하물며 다른 사람의 재물에 무슨 욕심이 있겠느냐.

23

萬般將不去이나 唯有業隨身이니 三日修心 千載寶요
百年貪物 一朝塵이니라.

어떤 것도 저승길을 동행하지 못하지만
생전에 지은 업만은 따라가나니

사흘 동안 닦은 마음은
천년의 보물이요
백 년을 탐한 재물은
하루아침에 사라지는 티끌이니라.

24

頌曰　三途苦本因何起　只是多生貪愛情
　　　　我佛衣盂生理足　如何蓄積長無明

계송
삼악도의 괴로움은 어디서 올까
탐욕 많은 삶 속에서 생길 뿐이라
부처님의 가르침에 기쁘게 사니
고통스런 꺼먼 욕심 어찌 자라리.

25

其三은 口無多言하고 身不輕動이니라.

세 번째 도 닦는 길은
말을 적게 하고
몸을 함부로 움직이지 말아야 한다.

26

身不輕動則 息亂成定하고 口無多言則 轉愚成慧하니
實相은 離言이요 眞理는 非動이니라.

몸을 함부로 움직이지 않으면
어지러운 생각이 가라앉아
고요한 마음이 되고

말을 적게 하면
어리석은 마음이 바뀌어
슬기로운 마음이 되니

참된 바탕은
모든 말을 떠난 것이요

참된 이치는
움직이는 것이 아니니라.

27

口是禍門이니 必可嚴守하고 身乃災本이니 不應輕動이니라.

입은 불행의 문이니
반드시 엄하게 지켜야만 하고

몸은 재앙의 근본이니
가볍게 움직여서는 아니 되느니라.

28

數飛之鳥는 忽有羅網之殃이요 輕步之獸는 非無傷箭之禍니라.

촐싹거리며 자주 움직이는 새는
어느 날 사냥꾼의 그물에 걸릴 것이요

함부로 가볍게 떠도는 짐승들은
사냥꾼의 화살을 피할 수 없다.

29

故로 世尊께서 住雪山하되 六年을 坐不動하시고
達磨 居少林하사 九歲를 默無言하시니 後來參禪者는
何不依古蹤이리오.

그러므로 세존께서 설산에 머물되
육 년을 앉아 움직이지 않으셨고
달마 대사는 소림굴에서
묵묵히 앉아 구 년을 계셨으니

뒷날 참선하는 이들이라면
어찌 이 옛 어른들의 자취를
본떠서 공부하지 않겠느냐.

30

頌曰　身心把定元無動 默坐茅庵絶往來
　　　寂寂寥寥無一事 但看心佛自歸依

게송
몸과 마음 고요하여 흔들림 없고
혼자 사는 띠집 토굴 찾는 이 없어
적막하고 고요하여 할 일 없으니
마음속의 부처님만 바라본다네.

31

其四는 但親善友하고 莫結邪朋하라.

네 번째 도 닦는 길은
오직 좋은 도반만 가까이 할 뿐
나쁜 친구는 사귀지 말아야 한다.

32

鳥之將息에 必擇其林이요 人之求學에 乃選師友이니
擇林木則 其止也安하고 選師友則 其學也高니라.

새가 쉬고자 함에
반드시 숲을 가리는 것과 같이

사람이 배우고자 할 때
좋은 스승과 도반을 선택해야 할 것이니

새가 숲과 나무를 잘 선택하면
쉬는 일이 편안하고

사람이 스승과 도반을 잘 선택하면
그 배움이 높아질 것이니라.

33

故로 承事善友 如父母하고 遠離惡友를 似寃家니라.

그러므로 좋은 도반은
부모처럼 받들어 섬기고

나쁜 친구는
원수처럼 멀리 해야 하느니라.

34

鶴無烏朋之計어니 鵬豈鷦友之謀리오.

학도 까마귀를 벗 삼지 않는데
붕새가 어찌 뱁새를 벗 삼을 수 있겠는가.

35

松裏之葛은 直聳千尋하나 茅中之木은 未免三尺하니
無良小輩는 頻頻脫하고 得意高流는 數數親이어다.

높이 솟은 소나무를 휘감은 칡넝쿨은
하늘 높이 쑥쑥 올라가지만

낮은 띠풀 속에 엉킨 나무는
그 높이가 석 자를 넘지 못할 것이니

어질지 못한 소인배는 늘 멀리하고
뜻이 높은 사람들과는 자주 어울려야 하느니라.

36

頌曰　住止經行須善友　身心決擇去荊塵

　　　荊塵掃盡通前路　寸步不離透祖關

게송

늘 언제나 좋은 도반 곁에 살면서

몸과 마음 잘 다스려 번뇌 없으면

삿된 생각 사라지고 앞길이 뚫려

그 자리서 조사 관문 뚫게 되리라.

37

其五는 除三更外에 不許睡眠이어다.

다섯 번째 도 닦는 길은

잠잘 시간 외에 자지 말아야 한다.

38

曠劫障道는 睡魔莫大니 二六時中에 惺惺起疑而不昧하며
四威儀內에 密密廻光而自看이어니 一生을 空過하면
萬劫에 追恨이니라.

오랜 세월 세세생생 도에 장애되는 것은
잠자는 마구니보다 더한 것이 없으니
온종일 깨어 있는 마음으로
화두를 의심하고 졸지 말 것이며

오가며 앉고 눕는 삶 속에서
끊임없이 마음 빛을 돌려
스스로 마음의 본바닥을 볼 것이니

만일 그렇게 하지 아니 하고
일생을 헛되이 보낸다면
만겁에 한이 되리라.

39

無常은 刹那라 乃日日而警怖요 人命은 須臾라
實時時而不保니 若未透祖關이면 如何安睡眠이리오.

변해가는 것은 찰나요 순간이라
하루하루가 놀랍고도 두려운 날들이요

사람의 목숨은 잠깐이라
변함없이 그 목숨을 보존할 수 없는 것이니

아직 조사의 관문을 뚫지 못했다면
어찌 편안하게 잠만 잘 수 있겠느냐.

40

頌曰　睡蛇雲籠心月暗 行人到此盡迷程

　　　　箇中拈起吹毛利 雲自無形月自明

게송

많은 잠은 큰 지혜를 덮어버리니

이 경계에 수행자들 길을 잃지만

정신 차려 화두 들고 한 소식하면

먹장구름 사라진 곳 둥근 보름달.

41

其六은 切莫妄自尊大하여 輕慢他人이어다.

여섯 번째 도 닦는 길은

헛되이 스스로를 높이고 다른 사람을 업신여겨

잘난 체를 하지 말아야 한다.

42

修仁得仁은 謙讓이 爲本이요 親友和友는 敬信이 爲宗이니라.

어진 마음을 닦아 얻는 길은
겸손하고 사양하는 마음이 근본이요

좋은 도반과 가까이 하는 길은
믿고 공경하는 마음이 으뜸이니라.

43

四相山이 漸高하면 三途海 益深하니 外現威儀는 如尊貴나
內無所得은 似朽舟니라.

나 잘났다는 마음이 산처럼 높아지면
괴로움이 가득 찬 삼악도 나쁜 길로
더욱 깊이 떨어질 것이니

겉모습은 존귀한 듯 보이지만
마음은 썩어서 구멍 뚫린 배와 같구나.

44

官益大者는 心益小하며 道益高者는 意益卑이니라.

벼슬이 높아지면 높아질수록
마음은 더욱 자상하게 써야 하며

도가 높아지면 높아질수록
쓰는 마음은 더욱 낮추어야 하느니라.

45

人我山崩處에 無爲道自成하니 凡有下心者는
萬福이 自歸依니라.

나 잘난 생각이 사라진 곳에
무위도는 저절로 이루어지니
마음을 낮추어 사는 자에게
온갖 복이 저절로 굴러 오느니라.

46

頌曰　憍慢塵中藏般若　我人山上長無明
　　　　輕他不學蹉跎老　病臥辛吟限不窮

게송
교만은 슬기로움 덮어 버리고
잘났다는 마음은 무명만 키워
배움 없이 나이 들고 늙어 버리니
아파 누운 신음 소리 끝이 없구나.

47

其七은 見財色이면 必須正念으로 對之어다.

일곱 번째 도 닦는 길은
여자와 재물을 보면 반드시 바른 생각으로
이들을 대해야 한다.

48

害身之機는 無過女色이요 喪道之本은 莫及貨財니라.

몸을 해치는 것은
여자보다 더한 것이 없고

도를 상실케 하는 것은
재물보다 더한 것이 없느니라.

49

是故로 佛垂戒律하여 嚴禁財色하되 眼觀女色이어든
如見虎蛇하고 身臨金玉이어든 等視木石이라 하시니라.

이 때문에 부처님께서는
재물과 여자를 가까이 못하도록
엄히 다스려 말씀하시기를

"눈으로 예쁜 여자를 보면
호랑이나 독사를 보듯 해야 하고
몸에 지닌 금과 옥은
나무나 돌같이 보아야만 한다."라고 하셨느니라.

50

雖居暗室이나 如對大賓하듯 隱現同時에 內外莫異어다.

남의 눈에 띄지 않는 곳에 있더라도
웃어른을 대하 듯 몸가짐을 가져

남이 보든 안 보든 간에
똑같은 몸가짐과 마음가짐으로
안팎이 다르지 않게 할지어다.

51

心淨則 善神이 必護하나 戀色則 諸天이 不容하니
神必護則 雖難處而無難이요 天不容則 乃安方而不安이니라.

마음이 깨끗하면
좋은 신들이 지키고 보호하지만

여자를 그리워하면
모든 하늘이 용납하지를 않으니

하늘 신이 지켜주면
어려움 속에 있더라도
어려움이 없을 것이요

하늘 신이 용납하지 않는다면
편안한 곳에 있더라도
마음이 편치 않을 것이니라.

52

頌曰　利慾閻王引獄鎖　淨行陀佛接蓮臺
　　　鎖拘入獄苦千種　船上生蓮樂萬般

게송

욕심 냄은 염라대왕 지옥 가는 길

맑은 수행 아미타불 정토로 가네

지옥 속에 들어가면 수많은 고통

극락세계 태어나면 영원한 행복.

53

其八은 莫交世俗하여 令他憎嫉이어다.

여덟 번째 도 닦는 길은 세상 사람과 사귐으로써

남의 혐오와 질투를 받지 말아야 한다.

54

離心中愛 曰沙門이요 不戀世俗 曰出家라 하니
旣能割愛揮人世어니 復何白衣結黨遊리오.

마음속에 애욕을 떠나보낸 이를
스님이라 하고
세상살이를 그리워하지 않는 것을
출가라고 하니
이미 애욕을 끊고 세상살이를 떨쳤는데
어찌 세상 사람들과 다시 어울려 노는 일 있으리오.

55

愛戀世俗은 爲饕餮이니 饕餮은 由來로 非道心이니라.

세속 인연을 좋아하고
세상살이를 그리워하는 것은
옷과 밥에 대한 욕심이 많은 것이니
옷과 밥에 대한 욕심이 많은 것은
예로부터 도 닦는 마음이 아니니라.

56

人情이 濃厚하면 道心疎니 冷却人情하여 永不顧니라.

세속 사람과 인연이 짙으면
도 닦는 마음이 성글어지니
그런 인정은 물리쳐
영원히 돌아보지 말아야 하느니라.

57

若欲不負出家志인댄 須向名山 窮妙旨하되 一衣一鉢로
絶人情하고 飢飽에 無心하면 道自高니라.

출가한 뜻 저버리지 않고자 하면
모름지기 깊은 산속에서
부처님의 오묘한 뜻을 끝까지 알아가되

검소한 옷차림과 살림살이로
세속 사람과의 인연을 끊고

굶주림과 배부름에 무심하다면
닦는 도는 저절로 높아지리라.

58

頌曰　爲他爲己雖微善 皆是輪迴生死因
　　　願入松風蘿月下 長觀無漏祖師禪

게송
나와 남을 위하는 일 선하다 해도
모두가 다 알고 보면 생사의 끈들
솔바람과 밝은 달빛을 벗 삼아서
번뇌 없는 조사선과 함께 하리라.

59

其九엔 勿說他人過失하라.

아홉 번째 도 닦는 길은
다른 사람의 허물을 말하지 말아야 한다.

60

雖聞善惡이나 心無動念이라.

나쁜 일이나 좋은 일을 남한테 듣더라도
마음에 동요가 없어야 한다.

61

無德而被讚은 實吾慚愧요 有咎而蒙毁는 誠我欣然이니라.

쌓은 덕이 없이 남의 칭찬을 받는 것은
진실로 부끄러운 일이요

허물이 있어 충고를 받는 것은
참으로 나에겐 즐거운 일이니라.

62

欣然則 知過必改요 慚愧則 進道無怠니라.

충고를 즐겁게 받아들인다면
허물을 알고 반드시 고치게 될 것이요

부끄러움을 안다면
도를 닦는 일에 게으름이 없을 것이다.

63

勿說他人過하라 終歸必損身하리라.

다른 사람의 허물을 말하지 말라.
끝내 그 과보로써
반드시 몸을 상하게 되리라.

64

若聞害人言이어든 如毀父母聲하니 今朝 雖說他人過나
異日에 回頭論我咎니라.

다른 사람을 헐뜯는 말은
자신의 부모를 헐뜯는 말로 알아야 하니

비록 오늘 아침에는
다른 이의 허물을 이야기하지만
뒷날은 말머리를 돌려
나의 허물을 이야기할 것이다.

65

雖然이나 凡所有相이 皆是虛妄이니 譏毁讚譽에 何憂何喜리오.

그렇더라도 무릇 중생들이 하는 일은
모두 다 헛된 것인데
그들의 비방과 칭찬에
어찌 따라서 근심하고 기뻐하겠느냐.

66

頌曰　終朝亂說人長短　竟夜昏沈樂睡眠
　　　如此出家徒受施　必於三界出頭難

게송
눈만 뜨면 남의 허물 이야기하고
어둔 마음 밤새도록 잠만 즐기면
이런 출가 시주 빚만 더 키워가니
삼계 고통 벗어나기 더욱 어렵네.

67

其十은 居衆中에 必常平等이어다.

열 번째 도 닦는 길은 대중 속에 살면서
언제나 평등한 마음을 지녀야만 한다.

68

割愛辭親은 法界平等이니라.

사랑하는 사람과 부모를 떠나온 까닭은
법의 세계가 평등하기 때문이니라.

69

若有親疎면 必不平等이니 雖復出家나 何德之有리오.

대중 속에 살면서 어느 한 사람에게
가깝거나 멀다는 생각이 있으면
반드시 평등하지 못한 마음을 쓰는 것이니
그런 마음으로 출가한들
공부에 무슨 덕이 있겠느냐.

70

心中에 若無憎愛之取捨하면 身上에 那有苦樂之盛衰리오.

마음속에
미워하거나 좋아하는 마음이 없다면

나한테 어찌
괴롭고 즐거운 마음이 있을 수 있겠느냐.

71

平等性中에 無彼此하고 大圓鏡上에 絶親疎니라.

평등한 성품 가운데는
나와 남이라는 구별이 없고

태양처럼 밝은 오롯한 지혜에는
가깝거나 멀다는 분별이 없느니라.

72

三途出沒은 憎愛所纏이요 六道昇降은 親疎業縛이니라.

삼악도에 생사를 되풀이함은
사랑과 미움에 얽혀 있기 때문이요

중생이 육도에 윤회함은
친한 이나 친하지 않은 사람들과의 인연에
복잡하게 얽혀 있기 때문이니라.

73

契心平等하면 本無取捨니 若無取捨면 生死何有리오.

경계를 맞이하는 마음이 평등하면
본디 취하고 버릴 것이 없으니

본디 취하고 버릴 경계가 없다면
중생의 생사가 어디에 있겠느냐.

74

頌曰　欲成無上菩提道 也要常懷平等心
　　　若有親疏憎愛計 道加遠兮業加深

게송
최상의 깨달음을 얻고자 하면
평등한 한마음을 지녀야 한다.
미움이나 사랑만을 따지고 들면
참다운 도 멀어지고 업만 쌓이네.

75

主人公아 汝値人道는 當如盲龜遇木인데 一生이 幾何라고
不修懈怠오.

주인공아!

그대가 사람으로 태어나는 일은
눈먼 거북이가 천년 만에 숨을 쉬기 위해
바다 한가운데서 구멍 난 나무를 만나는 일처럼
참으로 어렵고도 희귀한 일인데

그대의 일생이 얼마나 된다고
공부는 하지 않고 게으름만 피우는가.

76

人生難得이요 佛法難逢인데 此生에 失却하면
萬劫에 難遇니 須持十門之戒法하여 日新勤修而不退하고
速成正覺하여 還度衆生이어다.

사람으로 태어나는 일은
참으로 어려운 일이요

부처님의 법을 만나는 일은
더욱 어려운 일인데

이 생에 이 몸을 잃게 되면
만겁에 다시 만나기 어려우니

모름지기 도를 닦는
열 가지 가르침을 받아 지녀
날마다 새로운 마음으로 부지런히 닦아
도에서 물러나지 말고

어서 빨리 바른 깨달음을 이루어서
많은 중생을 제도할지어다.

77

我之本願은 非謂汝獨出生死大海라 亦乃普爲衆生也니라.

본디 나의 원력은
그대 혼자만 생사를 해결하는 것이 아니라
널리 모든 중생을 다 제도하는 데 있느니라.

78

何以故오. 汝自無時以來로 至于今生히 恒値四生하여
數數往還함이 皆依父母而出沒也라 故로 曠劫에
父母 無量無邊하니라.

무슨 까닭이겠느냐.

오랜 옛날부터 금생에 이르기까지
그대가 여러 모습으로 늘 윤회할 때
모든 중생을 부모로 기대어 생사를 되풀이하였으니
따라서 오랜 세월에 걸쳐 인연 맺었던 부모들이
그대에게는 헤아릴 수 없이 많기 때문이니라.

79

由是로 觀之컨대 六道衆生이 無非是汝의 多生父母니라.

이로 본다면
육도에 있는 모든 중생들
많은 생에 걸쳐 보면
너의 부모 아닌 분들이 없는 것이다.

80

如是等類 咸沒惡趣하여 日夜에 受大苦惱인데 若不拯濟면
何時出離리오.

이런 중생들이 모두
괴로움이 가득 찬 삼악도에 빠져
밤낮으로 큰 어려움을 당하고 있는데도
그대가 이들을 제도하지 않는다면
어느 때 이들이
그 고통에서 빠져나올 수 있겠느냐.

81

嗚呼哀哉라 痛纏心腑로다. 千萬 望汝하노니
早早發明大智하고 具足神通之力하여 自在方便之權으로
速爲洪濤之智楫하여 廣度欲岸之迷倫이어다.

아! 슬프다
모든 것이 다 큰 아픔뿐이로다.

부디 천 번 만 번 그대에게 바라노니

하루빨리 큰 지혜를 드러내고
오롯한 신통력을 다 갖추어
자유자재한 크고 작은 방편으로
어서 빨리 거친 파도를 헤쳐 가는
지혜로운 길잡이가 되어

고통 속에 빠져 있는 어리석은 중생들을
널리 두루 빠짐없이 제도할지어다.

82

君不見가 從上諸佛諸祖 盡是昔日에 同我凡夫이니
彼旣丈夫라 汝亦爾니 但不爲也언정 非不能也니라.

그대는 보고 듣지 못하였는가.

윗대의 모든 부처님과 조사 스님들도
예전에는 다 그대와 같은 범부였으니
그분들이 이미 장부가 되었다면
그대 또한 장부가 될 것이다.
여태까지 장부가 되려 하지 않았을 뿐
그대가 장부가 될 수 없는 것은 아니었다.

83

古曰하되 道不遠人이라 人自遠矣라 하며 又云하되 我欲仁이면
斯仁이 至矣라 하니 誠哉라 是言也여.

옛 어른께서

"도는 사람을 멀리하지 않건마는
사람이 스스로 도를 멀리한다." 하였고

또 "내가 어질고자 하면
어진 마음이 따라온다."고 하였으니

이런 표현들은 참으로 진실한 말씀이다.

84

若能信心不退則 誰不見性成佛이리오.

이런 믿음이 퇴보하지 않는다면
어느 누가 자기의 참 성품을 바로 보아
부처님이 되지 않을 수 있겠느냐.

85

我今에 證明三寶하옵고 一一戒汝하노니 知非故犯則
生陷地獄하리니 可不愼歟며 可不愼歟아.

내가 이제 불佛 · 법法 · 승僧 삼보에 증명하고
낱낱이 그대에게 타이르고 있나니

잘못인 줄 알고도 잘못을 범한다면
산 채로 무간지옥에 떨어질 것이라
수행자로서 행동을
조심하고 삼가지 않을 수 있겠느냐.

86

玉兔昇沈催老像　金烏出沒促年光
求名求利如朝露　或苦或榮似夕烟
勸汝慇懃修善道　速成佛果濟迷倫
今生若不從斯語　後世當然恨萬端

뜨고 지는 둥근 달에 늙어만 가고
동산 서산 오가는 해 세월만 재촉
명예 이익 구하는 일 찬이슬 같고
부귀영화 험한 인생 허망한 꿈들.

권하노니 마음 다해 수행을 하라
어서 빨리 성불하여 중생 구하라
이번 생에 내가 한 말 듣지 않으면
뒷세상에 서러움만 가득하리라.

원문

초 발 심 자 경 문

3부

삶의 완성

"스님, 자기를 완성하는 최선의 길은 무엇인지요? 알고 계시다면 쉽게 가르쳐주세요."
"내가 그것을 연구했다면 자기 완성을 위해 이상적인 환경을 만들었을 거다."
"그것이 뭐냐고요? 스님."
"그럼 나는 삶이라고 부르겠다."

誡初心學入文 마음 닦는 이를 위하여

海東沙門 牧牛子 述

夫初心之人은 須遠離惡友하고 親近賢善하며 受五戒十戒等하여 善知持犯開遮하라. 但依金口聖言이지 莫順庸流妄說이어다. 旣已出家하여 參陪淸衆이면 常念柔和善順하며 不得我慢貢高니라. 大者는 爲兄하고 小者는 爲弟하라. 儻有諍者이면 兩說을 和合하여 但以慈心으로 相向이지 不得惡語로 傷人이어다. 若也欺凌同伴하여 論說是非이면 如此出家는 全無利益이니라. 財色之禍는 甚於毒陀이니 省己知非하여 常須遠離하라. 無緣事則이면 不得入他房院하며 當屛處에 不得强知他事하라. 非六日이면 不得洗浣內衣하라. 臨盥漱에 不得高聲涕唾하라. 行益次에 不得搪突越序하며 經行次에 不得開襟掉臂하며 言談次에 不得高聲戲

笑하라. 非要事어든 不得出於門外하라. 有病人이어든 須慈心으로 守護하고 見賓客이어든 須欣然迎接하며 逢尊長이어든 須肅恭迴避하라. 辦道具할때 須儉約知足하라. 齋食時에 飮啜不得作聲하라. 執放에 要須安詳하되 不得擧顔顧視하며 不得欣厭精麤하라. 須默無言說하되 須防護雜念하고 須知受食이 但療形枯하여 爲成道業하며 須念般若心經하고 觀三輪淸淨에 不違道用하라. 赴焚修에 須早暮勤行하여 自責懈怠하고 知衆行次에 不得雜亂하라. 讚唄祝願하며 須誦文觀義이지 不得但隨音聲하고 不得韻曲不調하며 瞻敬尊顔하되 不得攀緣異境하라. 須知自身罪障이 猶如山海하고 須知理懺事懺으로 可以消除니라. 深觀能禮所禮皆從眞性緣起이며 深信感應이 不虛로서 影響相從이니라. 居衆寮에 須相讓不爭하며 須互相扶護하되 愼諍論勝負하라. 愼聚頭閒話하며 愼誤著他鞋하며 愼坐臥越次하라. 對客言談에 不得揚於家醜하며 但讚院門佛事하라. 不得詣庫房하여 見聞雜事하고 自生疑惑하라. 非要事어든 不得遊州獵縣 與俗交通하여 令他憎嫉케 하거나 失自道情이어다.

儻有要事로 出行어든 告住持人 及管衆者하여 令知去處

케 하라. 若入俗家어든 切須堅持正念하여 愼勿見色聞聲

流蕩邪心이라. 又況披襟戲笑하여 亂說雜事하며 非時에

酒食으로 妄作無礙之行하여 深乖佛戒리오. 又處賢善人

嫌疑之間하면 豈爲有智慧人也리오. 住社堂에 愼沙彌同

行하며 愼人事往還하며 愼見他好惡하며 愼貪求文字하며

愼睡眠過度하며 愼散亂攀緣이니라. 若遇宗師 陞座說法이

어든 切不得於法에 作懸崖想하여 生退屈心하고 或作慣聞

想하여 生容易心하니 當須虛懷聞之하면 必有機發之時리

라. 不得隨學語者하여 但取口辦이니 所謂 蛇飮水하면 成

毒하고 牛飮水하면 成乳하며 智學은 成菩提하고 愚學은 成

生死라 하니 是也니라. 又不得於主法人에 生輕薄想이니

因之 於道에 有障하여 不能進修하리니 切須愼之어다. 論

云하되 如人이 夜行에 罪人이 執炬當路커든 若以人惡故로

不受光明하면 墮坑落壍去矣리라. 聞法之次에 如履薄冰

하여 必須側耳目而聽玄音하고 肅情塵而賞幽致하며 下堂

後에 默坐觀之하되 如有所疑어든 博問先覺하라. 夕惕朝

詢하야 不濫絲髮이니 如是乃可能生正信하여야 以道로 爲
懷者歟이니라. 無始習熟 愛欲恚癡은 纏綿意地하여 暫伏
還起에 如隔日瘧하니 一切時中에 直須用加行方便智慧
之力하여 痛自遮護인데 豈可閒謾 遊談無根하고 虛喪天日
하며 欲冀心宗而求出路哉이리오. 但堅志節하고 責躬匪懈
이어 知非하면 遷善하여 改悔調柔하며 勤修而觀力轉深하고
鍊磨而行門益淨하리라. 長起難遭之想하면 道業恆新하고
常懷慶幸之心하면 終不退轉하리라. 如是久久하면 自然定
慧圓明하여 見自心性하고 用如幻悲智로 還度衆生하여 作
人天大福田하리니 切須勉之어다.

發心修行章 마음 닦는 수행이란

海東沙門 元曉 述

夫諸佛諸佛이 莊嚴寂滅宮은 於多劫海에 捨欲苦行이며 衆
生衆生이 輪迴火宅門은 於無量世에 貪慾不捨이니라. 無
防天堂에 少往至者는 三毒煩惱로 爲自家財며 無誘惡道에
多往入者는 四蛇五欲으로 爲妄心寶이니라. 人誰不欲歸山
修道리오마는 而爲不進은 愛欲所纏이니라. 然而不歸山藪
修心이나 隨自身力하여 不捨善行하라. 自樂能捨하면 信敬
이 如聖이오 難行을 能行하면 尊重如佛이니라. 慳貪於物은
是魔眷屬이요 慈悲布施는 是法王子니라. 高嶽峨巖은 智
人의 所居요 碧松深谷은 行者의 所棲니라. 飢湌木果로 慰
其飢腸하고 渴飲流水로 息其渴情하리라. 喫甘愛養하여도
此身定壞하며 著柔守護하여도 命必有終하리라. 助響巖穴로

爲念佛堂하고 哀鳴鴨鳥로 爲歡心友하리라. 拜膝如冰이라도 無戀火心하며 餓腸如切이라도 無求食念하리라. 忽至百年이어늘 云何不學하며 一生幾何일새 不修放逸이오. 離心中愛를 是名沙門하고 不戀世俗을 是名出家라 하니라. 行者羅網은 狗被象皮요 道人戀懷는 蝟入鼠宮이니라. 雖有才智나 居邑家者는 諸佛이 是人에 生悲憂心하고 設無道行이나 住山室者는 衆聖이 是人에 生歡喜心하니라. 雖有才學이나 無戒行者는 如寶所導 而不起行이요 雖有勤行이나 無智慧者는 欲往東方而向西行이니라. 有智人의 所行은 蒸米作飯이요 無智人의 所行은 蒸沙作飯이니라. 共知喫食而慰飢腸하되 不知學法而改癡心이니라. 行智具備는 如車二輪이요 自利利他는 如鳥兩翼이니라. 得粥祝願하되 不解其意하면 亦不檀越에 應羞恥乎아. 得食唱唄하되 不達其趣하면 亦不賢聖에 應慚愧乎아. 人惡尾蟲이 不辨淨穢하며 聖憎沙門이 不辨淨穢하니라. 棄世間喧하고 乘空天上은 戒爲善梯니라. 是故로 破戒하고 爲他福田은 如折翼鳥 負龜翔空이라 自罪未脫하면 他罪도 不贖이니라. 然이어니 豈無戒行코 受

他供給이리오. 無行空身은 養無利益하며 無常浮命은 愛惜不保나라. 望龍象德하고 能忍長苦하며 期獅子座하여 永背欲樂하나라. 行者 心淨하면 諸天이 共讚하나 道人이 戀色하면 善神이 捨離하나라. 四大忽散이라 不保久住나 今日夕矣라 頗行朝哉나라. 世樂은 後苦어늘 何貪著哉며 一忍은 長樂이라 何不修哉리오. 道人貪은 是行者의 羞恥이며 出家富는 是君子의 所笑나라. 遮言은 不盡커늘 貪著을 不已라 第二는 無盡커늘 不斷愛著이라 此事는 無限커늘 世事를 不捨라 彼謀無際어늘 絕心不起로다. 今日不盡커늘 造惡은 日多하며 明日이 無盡커늘 作善은 日少나라. 今年이 不盡커늘 無限煩惱하고 來年無盡커늘 不進菩提로다. 時時移移하여 速經日夜하고 日日移移하여 速經月晦나라. 月月移移하여 忽來年至하고 年年移移하여 暫到死門하나라. 破車不行이고 老人不修이니 臥生懈怠하고 坐起亂識하나라. 幾生을 不修하고 虛過日夜하며 幾活空身하려 一生을 不修라. 身必有終하리니 後身은 何乎리오. 莫速急乎아 莫速急乎아.

自警文 도 닦으며 스스로 경책하는 글

野雲比丘 述

主人公아 聽我言하라 幾人이 得道空門裏어늘 汝何長輪苦
趣中고. 汝自無始以來로 至于今生히 背覺合塵하고 墮落
愚癡 恒造衆惡하여 而入三途之苦輪하며 不修諸善하여 而
沈四生之業海로다. 身隨六賊故로 或墮惡趣則 極辛極苦하
고 心背一乘故로 或生人道則 佛前佛後로다. 今亦幸得人
身이나 正是佛後末世니 嗚呼痛哉라 是誰過歟오. 雖然이나
汝能反省 割愛出家하여 受持應器하고 着大法服하여 履出
塵之逕路하고 學無漏之妙法하니 如龍得水며 似虎靠山이라
其殊妙之理는 不可勝言이로다. 人有古今이언정 法無遐邇며
人有愚智언정 道無盛衰니라. 雖在佛時나 不順佛教則 何
益이며 縱值末世나 奉行佛教則 何傷이리오. 故로 世尊께서

246

云하시되 我如良醫하여 知病設藥하나 服與不服은 非醫咎也며 又如善導하여 導人善道하나 聞而不行은 非導過也라 自利利人이 法皆具足하니 若我久住라도 更無所益이니라 自今而後로 我諸弟子 展轉行之則 如來法身이 常住而不滅也라 하시니라. 若知如是理則 但恨自不修道언정 何患乎末世也이리오. 伏望하노니 汝須興決烈之志하여 開特達之懷로 盡捨諸緣하고 除去顚倒하며 眞實爲生死大事하여 於祖師公案上에 宜善參究하여 以大悟로 爲則이니 切莫自輕而退屈이어다. 惟斯末運에 去聖時遙하여 魔强法弱하고 人多邪侈하며 成人者少하고 敗人者多하며 智慧者寡하고 愚癡者衆하여 自不修道하고 亦惱他人하니 凡有障道之緣을 言之不盡하노라. 恐汝錯路故로 我以管見으로 撰成十門하여 令汝警策하노니 汝須信持하여 無一可違니 至禱至禱하노라.

頌曰　愚心不學增憍慢　癡意無修長我人

空腹高心如餓虎　無知放逸似顚猿

邪言魔語肯受聽　聖敎賢章故不聞

善道無因誰汝度　長淪惡趣苦纏身

其一은 軟衣美食을 切莫受用이어다.

自從耕種으로 至于口身히 非徒人牛의 功力多重이라 亦乃
傍生의 損害無窮이어늘 勞彼功而利我라도 尙不然也온 況
殺他命而活己를 奚可忍乎아. 農夫도 每有飢寒之苦하고 織
女도 連無遮身之衣인데 況我長遊手어니 飢寒을 何厭心이리
요. 軟衣美食은 當恩重而損道요 破納蔬食은 必施輕而積
陰이라. 今生에 未明心하면 滴水도 也難消니라.

頌曰 茱根木果慰飢腸 松落草衣遮色身

      野鶴靑雲爲伴侶 高岑幽谷度殘年

其二는 自財를 不悋하고 他物莫求어다.

三途苦上에 貪業이 在初요 六度門中에 行檀이 居首니라.
慳貪은 能防善道하고 慈施는 必禦惡徑하니 如有貧人이 來
求乞커든 雖在窮乏이라도 無悋惜이라. 來無一物來이고 去
亦空手去라 自財도 無戀志인데 他物에 有何心이리오. 萬般
將不去이나 唯有業隨身이니 三日修心 千載寶요 百年貪物
一朝塵이니라.

頌曰　三途苦本因何起　只是多生貪愛情

　　　我佛衣盂生理足　如何蓄積長無明

其三은 口無多言하고 身不輕動이니라.

身不輕動則 息亂成定하고 口無多言則 轉愚成慧하니 實相
은 離言이요 眞理는 非動이니라. 口是禍門이니 必可嚴守하고
身乃災本이니 不應輕動이니라. 數飛之鳥는 忽有羅網之殃
이요 輕步之獸는 非無傷箭之禍니라. 故로 世尊께서 住雪山
하되 六年을 坐不動하시고 達磨 居少林하사 九歲를 默無言
하시니 後來參禪者는 何不依古蹤이리오.

頌曰　身心把定元無動 默坐茅庵絶往來

　　　寂寂寥寥無一事 但看心佛自歸依

其四는 但親善友하고 莫結邪朋하라.

鳥之將息에 必擇其林이요 人之求學에 乃選師友이니 擇林
木則 其止也安하고 選師友則 其學也高니라. 故로 承事善
友 如父母하고 遠離惡友를 似冤家니라. 鶴無烏朋之計어니

鵬豈鷃友之謀리오. 松裏之葛은 直聳千尋하나 茅中之木은

未免三尺하니 無良小輩는 頻頻脫하고 得意高流는 數數親

이어다.

頌曰　住止經行須善友　身心決擇去荊塵

　　　荊塵掃盡通前路　寸步不離透祖關

其五는 除三更外에 不許睡眠이어다.

曠劫障道는 睡魔莫大니 二六時中에 惺惺起疑而不昧하며

四威儀內에 密密迴光而自看이어니 一生을 空過하면 萬劫에

追恨이니라. 無常은 刹那라 乃日日而警怖요 人命은 須臾라

實時時而不保니 若未透祖關이면 如何安睡眠이리오.

頌曰　睡蛇雲籠心月暗　行人到此盡迷程

　　　箇中拈起吹毛利　雲自無形月自明

其六은 切莫妄自尊大하여 輕慢他人이어다.

修仁得仁은 謙讓이 爲本이요 親友和友는 敬信이 爲宗이니

라. 四相山이 漸高하면 三途海 益深하니 外現威儀는 如尊

貴나 內無所得은 似朽舟니라. 官益大者는 心益小하며 道益
高者는 意益卑이니라. 人我山崩處에 無爲道自成하니 凡有
下心者는 萬福이 自歸依니라.

頌曰　憍慢塵中藏般若　我人山上長無明

　　　　輕他不學躘踵老　病臥辛吟限不窮

其七은 見財色이면 必須正念으로 對之어다.

害身之機는 無過女色이요 喪道之本은 莫及貨財니라. 是故
로 佛垂戒律하여 嚴禁財色하되 眼覩女色이어든 如見虎蛇하
고 身臨金玉이어든 等視木石이라 하시니라. 雖居暗室이나 如
對大賓하듯 隱現同時에 內外莫異어다. 心淨則 善神이 必
護하나 戀色則 諸天이 不容하니 神必護則 雖難處而無難이
요 天不容則 乃安方而不安이니라.

頌曰　利慾閻王引獄鎖　淨行陀佛接蓮臺

　　　　鎖拘入獄苦千種　船上生蓮樂萬般

其八은 莫交世俗하여 令他憎嫉이어다.

離心中愛를 曰沙門이요 不戀世俗을 曰出家라 하니 既能割愛揮人
世어니 復何白衣結黨遊리오. 愛戀世俗은 爲饕餮이니 饕餮은
由來로 非道心이니라. 人情이 濃厚하면 道心疎니 冷却人情하
여 永不顧니라. 若欲不負出家志인댄 須向名山 窮
妙旨하되 一衣一鉢로 絶人情하고 飢飽에 無心하면 道自高니라.
頌曰　爲他爲己雖微善 皆是輪迴生死因

　　　　願入松風蘿月下 長觀無漏祖師禪

其九엔 勿說他人過失하라.
雖聞善惡이나 心無動念이라. 無德而被讚은 實吾慚愧요 有
咎而蒙毁는 誠我欣然이니라. 欣然則 知過必改요 慚愧則
進道無怠니라. 勿說他人過하라 終歸必損身하리라. 若聞害
人言이어든 如毁父母聲하니 今朝 雖說他人過나 異日에 回
頭論我咎니라. 雖然이나 凡所有相이 皆是虛妄이니 譏毁讚
譽에 何憂何喜리오.
頌曰　終朝亂說人長短 竟夜昏沈樂睡眠

　　　　如此出家徒受施 必於三界出頭難

其十은 居衆中에 必常平等이어다.

割愛辭親은 法界平等이니라. 若有親疎면 必不平等이니 雖復
出家나 何德之有리오. 心中에 若無憎愛之取捨하면 身上
에 那有苦樂之盛衰리오. 平等性中에 無彼此하고 大圓鏡上에
絶親疎니라. 三途出沒은 憎愛所纏이요 六道昇降은 親疎業縛
이니라. 契心平等하면 本無取捨니 若無取捨면 生死何有리오.

頌曰　欲成無上菩提道　也要常懷平等心

　　　若有親疎憎愛計　道加遠兮業加深

主人公아　汝値人道는　當如盲龜遇木인데　一生이　幾何라고
不修懈怠오. 人生難得이요　佛法難逢인데　此生에　失却하면
萬劫에　難遇니　須持十門之戒法하여　日新勤修而不退하고
速成正覺하여　還度衆生이어다. 我之本願은　非謂汝獨出生
死大海라　亦乃普爲衆生也니라. 何以故오. 汝自無時以來
로　至于今生히　恒値四生하여　數數往還함이　皆依父母而出
沒也라　故로　曠劫에　父母　無量無邊하니라. 由是로　觀之컨대
六道衆生이　無非是汝의　多生父母니라. 如是等類　咸沒惡

趣하여 日夜에 受大苦惱인데 若不拯濟면 何時出離리오. 嗚
呼哀哉라 痛纏心腑로다. 千萬 望汝하노니 早早發明大智하
고 具足神通之力하여 自在方便之權으로 速爲洪濤之智楫
하여 廣度欲岸之迷倫이어다. 君不見가 從上諸佛諸祖 盡是
昔日에 同我凡夫이니 彼旣丈夫라 汝亦爾니 但不爲也언정
非不能也니라. 古曰하되 道不遠人이라 人自遠矣라 하며 又
云하되 我欲仁이면 斯仁이 至矣라 하니 誠哉라 是言也여. 若
能信心不退則 誰不見性成佛이리오. 我今에 證明三寶하옵
고 一一戒汝하노니 知非故犯則 生陷地獄하리니 可不愼歟며
可不愼歟아.

　　玉兎昇沈催老像 金烏出沒促年光
　　求名求利如朝露 或苦或榮似夕烟
　　勸汝慇懃修善道 速成佛果濟迷倫
　　今生若不從斯語 後世當然恨萬端

법공양문

부처님의 경전을 만들어서 인연이 있는 많은 이들
에게 공양한 사람이 갖게 되는 열 가지 이익

1. 과거에 지었던 가벼운 온갖 죄들은 사라지고 무거운
   죄는 가벼워집니다.

2. 좋은 신들이 늘 보호하여 온갖 질병들이 찾아들지 못
   하고 물이나 불의 재앙이 일어나지 못하며 도둑을 맞
   거나 감옥에 가게 되는 나쁜 일들도 생기지 않습니다.

3. 전생에 원수로 만났던 이들이 다 법의 은혜를 받아 해탈하기 때문에 원수를 찾아 보복하거나 당하는 모든 괴로움을 영원히 면할 수 있습니다.

4. 무섭게 생기거나 나쁜 귀신들이 침범하지 못하고 무서운 독사나 굶주린 호랑이들이 해를 끼치지 못합니다.

5. 마음이 편안해져 복잡한 삶 속에서 나쁜 일들이 사라집니다. 밤에는 나쁜 꿈이 없고 얼굴에 광택이 나며 기력이 왕성하여 하는 일마다 좋은 일만 생깁니다.

6. 말하고 실천하는 일마다 사람들이 다 기뻐하니, 어디를 가더라도 늘 많은 사람들이 마음 다해 아껴주고 공경하며 예배합니다.

7. 지극한 마음으로 부처님의 법을 받든다면 바라는 것이 없더라도 자연스럽게 의식주가 다 갖추어지고 가정이 화목하여 받는 복이 날로 늘어납니다.

8. 어리석은 사람은 지혜로워지고 병든 사람은 건강해지며, 어려운 일들은 잘 풀리며 여자의 몸을 가진 이들은 뒷날 남자의 몸을 받게 됩니다.

9. 나쁜 길에서 영원히 벗어나 좋은 길만 가게 됩니다. 얼굴이 단정하고 성품이 뛰어나며 받는 복록이 수승합니다.

10. 모든 중생들이 좋은 마음의 뿌리를 내리도록 그들의 큰 복밭이 되어 헤아릴 수 없이 많은 수승한 과보를 획득합니다. 태어나는 곳마다 늘 부처님을 만나 뵙고 법문을 듣기 때문에 바로 큰 지혜를 열고 육신통을 증득하여 빠르게 부처님이 됩니다.

부처님의 경전을 만들어서 인연이 있는 많은 이들에게
공양한 사람은 이와 같은 수승한 공덕을 얻게 된다고 합
니다.

그렇기 때문에 자신의 죄를 참회한다거나, 세상을 떠난
가까운 이들을 천도한다거나, 좋은 일이든 나쁜 일이든
어떤 계기가 오면 기뻐하는 마음으로 부처님의 제자들은
험한 이 세상에 부처님의 경전을 널리 퍼트리는 일에 동
참하셔야 됩니다.

이 일에 많은 분들이 함께 참여하여 부처님의 법이 온 세
상에 가득차는 날 이 세상은 참으로 맑고도 깨끗한 부처
님의 극락정토가 실현될 것입니다.

1. 誡初心學入文 [P.115-145]

為 삼을 위	已 이미 이	知 알 지	夫 대저 부	初 처음 초
弟 아우 제	參 섞일 참	持 지킬 지	之 의 지	發 일으킬 발
儻 혹시 당	陪 더할 배	犯 범할 범	須 모름지기 수	心 마음 심
有 있을 유	清 맑을 청	開 열 개	遠 멀 원	自 스스로 자
諍 다툴 쟁	衆 무리 중	遮 막을 차	離 떠날 리	警 경계할 경
兩 두 량	常 항상 상	但 다만 단	惡 나쁠 악	文 글월 문
合 합할 합	念 생각할 념	依 의지할 의	友 벗 우	誡 경계할 계
以 써 이	柔 부드러울 유	聖 성인 성	親 친할 친	學 배울 학
慈 사랑할 자	和 온화할 화	莫 말 막	近 가까이할 근	海 바다 해
相 서로 상	得 얻을 득	順 좇을 순	賢 어질 현	東 동녘 동
向 향할 향	我 나 아	庸 어리석을 용	善 착할 선	沙 모래 사
傷 다칠 상	慢 거만할 만	流 무리 류	受 받을 수	門 문 문
若 만일 약	貢 바칠 공	妄 허망할 망	戒 계 계	牧 칠 목
也 어조사 야	高 뽐낼 고	說 말씀 설	等 따위 등	牛 소 우
欺 속일 기	者 놈 자	既 이미 기	善 잘 선	述 설명할 술

長 어른 장
肅 공경할 숙
恭 공경할 공
廻 피할 회
避 피할 피
辦 갖출 판
道 도 도
具 그릇 구
儉 검소할 검
約 검소할 약
足 족할 족
齋 공양 재
食 먹을 식
時 때 시
飲 마실 음
啜 먹을 철

談 이야기할 담
戲 놀 희
笑 웃을 소
要 요할 요
病 앓을 병
守 지킬 수
護 지킬 호
見 볼 견
賓 손 빈
客 손 객
欣 기뻐할 흔
然 형용어사 연
迎 맞이할 영
接 대접할 접
逢 만날 봉
尊 높을 존

衣 옷 의
臨 임할 임
浣 씻을 완
漱 양치질할 수
聲 소리 성
涕 콧물 체
唾 침뱉을 타
次 번 차
搪 부딪칠 당
突 부딪칠 돌
越 넘을 월
序 차례 서
經 지날 경
襟 깃 금
掉 흔들 도
臂 팔 비

於 어조사 어
毒 독 독
蛇 뱀 사
省 살필 성
己 몸 기
緣 인연 연
事 일 사
則 곧 즉
他 남 타
房 곁방 방
院 절원 원
當 당할 당
屏 가릴 병
處 곳 처
強 강할 강
洗 씻을 세

凌 업신여길 릉
同 한가지 동
伴 짝 반
論 말할 론
是 옳을 시
非 아닐 비
如 같을 여
此 이 차
全 온통 전
無 없을 무
利 이로울 리
益 더할 익
財 재물 재
色 색 색
禍 재화 화
甚 심할 심

所 바 소
從 좇을 종
眞 참 진
性 성질 성
起 일어날 기
信 믿을 신
感 느낄 감
應 응할 응
虛 빌 허
影 그림자 영
響 울림 향
相 서로 상
居 살 거
寮 집 료
讓 사양할 양
爭 다툴 쟁

調 고를 조
瞻 볼 첨
敬 공경할 경
異 다를 이
攀 오를 반
境 지경 경
罪 허물 죄
障 장애 장
猶 같을 유
理 이치 리
懺 뉘우칠 참
消 사라질 소
除 덜 제
深 깊을 심
能 능히 능
禮 예 례

暮 저물 모
勤 부지런할 근
責 꾸짖을 책
懈 게으를 해
怠 게으를 태
亂 어지러울 란
讚 기릴 찬
唄 인도노래 패
祝 빌 축
願 빌 원
誦 읊을 송
義 뜻 의
隨 따를 수
音 소리 음
韻 울릴 운
曲 가락 곡

念 생각 념
療 고칠 료
形 형체 형
枯 마를 고
成 이룰 성
業 업 업
般 돌 반
若 반야 야
觀 볼 관
輪 바퀴 륜
淨 깨끗할 정
違 어길 위
赴 다다를 부
焚 태울 분
修 닦을 수
早 새벽 조

作 지을 작
執 잡을 집
放 놓을 방
要 반드시 요
安 안존할 안
詳 자세할 상
舉 들 거
顏 얼굴 안
顧 돌아볼 고
視 볼 시
厭 싫어할 염
精 깨끗할 정
麗 거칠 추
默 잠잠할 묵
防 막을 방
雜 번거로울 잡

眠 잘 면
過 지날 과
度 법도 도
散 헤어질 산
遇 만날 우
宗 마루 종
師 스승 사
陞 오를 승
懸 달릴 현
崖 낭떠러지 애
想 생각 상
退 물러날 퇴
屈 굽힐 굴
或 혹 혹
慣 익숙할 관
容 받아들일 용

況 하물며 황
披 헤칠 피
酒 술 주
妄 허망할 망
碍 거리낄 애
乖 거스를 괴
嫌 혐의 혐
豈 어찌 기
智 슬기 지
社 단체 사
彌 더욱 미
往 갈 왕
還 돌아올 환
好 좋을 호
貪 탐할 탐
睡 잘 수

憎 미워할 증
嫉 시새움할 질
失 잃을 실
情 뜻 정
告 고할 고
住 머물 주
持 도울 지
及 및 급
管 맡을 관
衆 무리 중
去 갈 거
切 정성스러울 절
堅 굳게 견
勿 말 물
蕩 흐르게할 탕
邪 간사할 사

醜 추할 추
院 절 원
詣 이를 예
庫 곳집 고
聞 들을 문
疑 의심할 의
惑 미혹할 혹
遊 놀 유
州 고을 주
獵 지날 렵
縣 고을 현
與 더불여
俗 속인 속
交 오고갈 교
通 통할 통
令 하여금 령

互 서로 호
扶 도울 부
勝 이길 승
負 질 부
愼 삼갈 신
聚 모을 취
頭 머리 두
閒 한가할 한
話 이야기할 화
誤 그릇할 오
着 신을 착
鞋 신 혜
坐 앉을 좌
臥 누울 와
對 마주볼 대
揚 나타낼 양

262

方 길 방 / 편의 편
便 몹시 통 / 게으를 만
痛 잃을 상 / 바랄 기
諺 어조사 재 / 뜻 지
喪 절개 절 / 몸 궁
冀 아닐 비 / 옮길 천
哉 고칠 개 / 뉘우칠 회
志 더욱 전 / 불릴 련
節
躬
匪
遷
改
悔
轉
練

習 익힐 습 / 익힐 숙
熟 사랑할 애 / 욕심 욕
愛 성낼 에 / 어리석을 치
欲 얽을 전 / 얽힐 면
恚 뜻 의 / 어조사 지
癡 잠깐 잠 / 숨을 복
纏 뜰 격 / 학질 학
綿 바로 직 / 더할 가
意
地
暫
伏
隔
瘧
直
加

祝 뜻 치 / 같을 여
如 너를 박 / 물을 문
博 먼저 선 / 깨달음 각
問 저녁 석 / 두려워할 척
先 아침 조 / 물을 순
覺 외람할 람 / 실 사
夕 머리발 발 / 이에 내
惕 그런가 여 / 비롯할 시
朝
詢
濫
絲
髮
乃
與
始

炬 횃불 거 / 길 로
路 떨어질 타 / 구덩이 갱
墮 떨어질 락 / 해가 참
坑 어조사 의 / 밟을 리
落 얼음 빙 / 기울일 측
塹 들을 청 / 오묘할 현
矣 맑을 숙 / 티끌 진
履 완상할 상 / 그윽할 유
氷
側
聽
玄
肅
塵
賞
幽

易 쉬울 이 / 마음 회
懷 반드시 필 / 실마리 기
必 취할 취 / 이를 위
機 젖 유 / 보리 보
取 보리 보 / 어리석을 우
謂 이 시 / 또 우
乳 가벼울 경 / 낮을 박
菩 말미암을 인 / 나아갈 진
提
愚
是
又
輕
薄
因
進

2. 發心修行章 [P.146-174]

磨 갈 마	章 글 장	宅 집 택	慳 아낄 간	殄 먹을 손
遭 만날 조	元 으뜸 원	量 헤아릴 량	物 재물 물	果 과실 과
恒 항상 항	曉 새벽 효	世 시세 세	魔 마구니 마	慰 위로할 위
新 새 신	諸 모든 제	慾 탐낼 욕	眷 겨레붙이 권	其 그 기
慶 경사 경	佛 부처 불	小 적을 소	屬 살붙이 속	腸 창자 장
幸 다행 행	莊 꾸밀 장	至 이를 지	布 베풀 포	渴 목마를 갈
綜 마침내 종	嚴 엄할 엄	煩 번민할 번	施 베풀 시	息 쉴 식
久 오랠 구	寂 고요할 적	惱 괴로워할 뇌	嶽 큰산 악	喫 먹을 끽
定 머무를 정	滅 꺼질 멸	誘 꾈 유	峨 높을 아	甘 단것 감
圓 둥글 원	宮 대궐 궁	寶 보배 보	巖 바위 암	養 기를 양
幻 요술 환	多 많을 다	誰 누구 수	碧 푸를 벽	壞 무너질 괴
悲 슬플 비	劫 겁 겁	歸 돌아갈 귀	松 소나무 송	助 도울 조
勉 힘쓸 면	捨 버릴 사	藪 수풀 수	谷 골 곡	穴 굴 혈
	苦 괴로움 고	樂 즐거움 락	捿 길들일 서	哀 슬퍼할 애
	行 행할 행	重 중히여길 중	飢 주릴 기	鳴 울 명

惜 아낄 석
保 보전할 보
望 바랄 망
龍 용 룡
德 덕 덕
忍 참을 인
期 바랄 기
獅 사자 사
永 길 영
背 등질 배
散 흩어질 산
頗 자못 파
富 부자 부
遮 이 자(차)
盡 다할 진
斷 끊을 단

憎 미워할 증
棄 버릴 기
喧 떠들썩할 훤
乘 탈 승
梯 사다리 제
破 깨뜨릴 파
折 꺾일 절
龜 서북 귀
翔 날 상
未 아닐 미
脫 벗어날 탈
贖 속바칠 속
供 베풀 공
給 줄 급
浮 뜰 부
命 목숨 명

祝 빌 축
解 풀 해
檀 박달나무 단
羞 부끄럼 수
恥 부끄럼 치
乎 어조사 호
唱 부를 창
達 통할 달
趣 뜻 취
慚 부끄러워할 참
愧 부끄러워할 괴
惡 미워할 오
尾 꼬리 미
蟲 벌레 충
辨 분별할 변
穢 더러울 예

蝟 고슴도치 위
鼠 쥐 서
雖 비록 수
才 재주 재
邑 고을 읍
憂 근심할 우
設 설령 설
室 집 실
喜 기쁠 희
導 이끌 도
蒸 찔 증
米 쌀 미
飯 밥 반
備 갖출 비
翼 날개 익
粥 죽 죽

鴨 오리 릉
歡 기뻐할 환
拜 절할 배
膝 무릎 슬
戀 그리워할 련
餓 주릴 아
忽 홀연 홀
云 어조사 운
何 어조사 하
幾 얼마 기
羅 그물 라
網 그물 망
狗 개 구
被 입을 피
象 코끼리 상
皮 가죽 피

3. 自警文 [P.175-236]

倒 거꾸로될 도
祖 선조 조
公 공변될 공
案 안건 안
宜 마땅히 의
究 궁구할 구
悟 깨달을 오
退 물러날 퇴
屈 굽을 굴
惟 오직 유
斯 이 사
遙 멀 요
弱 쇠할 약
侈 사치할 치
敗 패하게할 패

値 만날 치
奉 받들 봉
良 좋을 량
醫 의원 의
設 베풀 설
藥 약 약
服 먹을 복
咎 허물 구
更 다시 갱
展 구를 전
患 근심 환
興 일으킬 흥
決 터질 결
烈 군셀 렬
顚 뒤집힐 전

器 그릇 기
服 옷 복
逕 가까울 경
漏 샐 루
妙 묘할 묘
似 같을 사
虎 범 호
靠 기댈 고
殊 뛰어날 수
遐 멀 하
邇 가까울 이
盛 성할 성
衰 쇠할 쇠
縱 가령 종
末 말세 말

野 들 야
雲 구름 운
比 견줄 비
丘 언덕 구
裏 속 리
汝 너 여
于 어조사 우
途 길 도
沈 빠질 침
賊 도둑 적
極 극히 극
辛 괴로울 신
嗚 오호라 오
呼 슬프다할 호
割 가를 할

彼 저 피
謀 꾀할 모
際 가 제
絕 끊을 절
造 지을 조
移 옮길 이
速 빠를 속
晦 그믐 회
到 이를 도
識 알 식
過 지낼 과
活 살 활
莫 없을 막
急 급할 급

266

把 잡을 파　**茅** 띠집 모　**庵** 암자 암　**廖** 쓸쓸할 료　**朋** 벗 붕　**澤** 가릴 택　**選** 가릴 선　**承** 받들 승　**事** 섬길 사　**寃** 원수 원　**烏** 까마귀 오　**計** 꾀할 계　**鵬** 봉새 붕　**鷦** 뱁새 초　**葛** 칡 갈　**聳** 솟을 용

乏 떨어질 핍　**般** 수사 반　**將** 가질 장　**載** 해 재　**只** 다만 지　**盂** 사발 우　**蓄** 쌓을 축　**災** 재앙 재　**數** 자주 삭　**飛** 날 비　**殃** 재앙 앙　**步** 걸음 보　**獸** 짐승 수　**箭** 살 전　**禪** 선 선　**踪** 쫓을 종

蔬 푸성귀 소　**積** 쌓을 적　**陰** 그늘 음　**適** 물방울 적　**消** 사라질 소　**菜** 나물 채　**鶴** 두루미 학　**伴** 짝 반　**侶** 짝 려　**岑** 봉우리 잠　**幽** 그윽할 유　**殘** 남을 잔　**悋** 아낄 린　**禦** 막을 어　**貧** 가난할 빈　**乞** 빌 걸

軟 부드러울 연　**耕** 갈 경　**徒** 다만 도　**功** 공 공　**傍** 곁 방　**窮** 다할 궁　**勞** 괴로울 로　**尙** 오히려 상　**殺** 죽일 살　**奚** 어찌 해　**農** 농부 농　**寒** 찰 한　**織** 짤 직　**連** 이을 련　**恩** 은혜 은　**衲** 승복 납

寡 적을 과　**恐** 두려워할 공　**錯** 어긋날 착　**管** 관 관　**撰** 서술할 찬　**策** 채찍 책　**違** 어길 위　**禱** 빌 도　**頌** 칭송할 송　**增** 늘 증　**僑** 교만할 교　**復** 배 복　**猿** 원숭이 원　**肯** 즐기어할 긍　**度** 건널 도　**淪** 빠질 륜

다섯째 칸 (왼쪽)

尋 길이 심
免 벗어날 면
輩 무리 배
頻 자주 빈
荊 가시나무 형
掃 쓸 소
透 사무칠 투
關 대궐문 관
曠 멀 광
惺 깨달을 성
昧 어두울 매
威 거동 위
儀 거동 의
密 빽빽할 밀
追 쫓을 추
刹 절 찰

넷째 칸

那 어찌 나
驚 놀날 경
怖 두려워할 포
須 잠깐 수
臾 잠깐 유
籠 쌀 롱
迷 헤맬 미
程 길 정
箇 이 개
拈 집을 점
吹 불 취
利 날카로울 리
謙 겸손할 겸
讓 겸손할 양
漸 차차 점
朽 썩을 후

셋째 칸

舟 배 주
卑 낮을 비
崩 무너질 붕
凡 대개 범
藏 감출 장
躘 걸음 룡
踵 발꿈치 종
吟 끙끙거릴 음
害 해칠 해
眼 눈 안
覩 볼 도
隱 숨을 은
閻 이문 염
引 끌 인
獄 옥 옥
鎖 쇠사슬 쇄

둘째 칸

陀 비탈질 타
蓮 연 련
臺 대 대
拘 잡을 구
揮 뿌릴 휘
復 다시 부
黨 무리 당
饕 탐할 도
餮 탐할 철
濃 두터울 농
厚 두터울 후
冷 식힐 랭
却 어조사 각
鉢 발우 발
飽 배부를 포
微 작을 미

첫째 칸 (오른쪽)

願 바라건대 원
蘿 여라 라
勿 말 물
吾 나 오
夢 받을 몽
毀 헐 훼
怠 게으를 태
譏 나무랄 기
譽 기릴 예
竟 마칠 경
昏 어두울 혼
辭 사퇴할 사
鏡 거울 경
沒 빠질 몰
昇 오를 승
降 내릴 강

愍 은근할 은
勲 은근할 근
端 끝 단

催 재촉할 최
像 꼴 상
促 재촉할 촉
露 이슬 로
榮 변영할 영
烟 연기 연
勸 권할 권

岸 언덕 안
倫 무리 륜
昔 옛 석
丈 어른 장
爾 그러할 이
證 증명할 증
陷 빠질 함

拯 건질 증
濟 건널 제
腑 장부 부
權 권도 권
洪 큰물 홍
濤 물결 도
楫 노 즙

縛 포승 박
契 맞을 계
兮 어조사 혜
盲 눈먼 맹
普 넓을 보
邊 가 변
咸 다 함

저자와의
협의 하에
인지 생략

눈먼 거북이가 천년만에

엮은이 | 원순스님
펴낸이 | 一庚 張少任
펴낸곳 | 돌샘 답게

초판발행 | 2004년 10월 20일
초판 1쇄 | 2004년 10월 25일

주　　소 | 137-834 서울시 서초구 방배4동 829-22호
　　　　　원빌딩 201호
등　　록 | 1990년 2월 28일, 제 21-140호
전　　화 | 편집 02)591-8267, 영업 02)537-0464 02)596-0464
팩 시 밀 리 | 02)594-0464

ISBN 89-7574-182-6　02810

http://www.dapgae.co.kr
e-mail/dapgae@chollian.net

나답게 · 우리답게 · 책답게

판권 ⓒ 2004, 원순스님